KEITAI
SHOUSETSU
BUNKO
SINCE 2009

クールな生徒会長は
私だけにとびきり甘い。

＊あいら＊

スターツ出版株式会社

カバー・本文イラスト/覡あおひ

校内の女子人気を一身に受けている
サッカー部のエースで、生徒会長も務めている先輩。
でも、大の女嫌いで誰も近づけないと言われている。

　……はずだったのに。

「好きです。俺と付き合って」

　どうしてこうなったの……!?

　鈍感癒し系な女の子
　通称 保健室の天使《 小森 莉子 》
　　×
　女嫌いな冷血プリンス
　莉子限定でとびきり甘い《 瀬名 湊 》

「なんでそんなに可愛いの？」
「俺は莉子しかいらない。死ぬほど好き」

　容赦ない溺愛に、ときめかずにはいられない!?

「俺のこと試してるの？　あんまり可愛いことしたら、その口塞ぐよ？」

　完全無欠の先輩と、とびきり甘い溺愛ラブ。

contents

01＊突然の告白。
「好きです。俺と付き合って」 10

「俺、容赦しないよ？」 21

「ごめん。可愛かったから見惚れてた」 36

「好きな子が怯えてんのに、放っておけない」 50

「莉子が応援してくれるなら、俺絶対勝つ」 69

「頼むから、俺のこと好きになって……」 81

02＊私の好きな人。
「俺が絶対、莉子のこと守るから」 108

「抱きしめても、いい？」 119

「今日はほんとにごめん」 130

「頼む……逃げないで」 138

「あー……また泣く。なんでそんな可愛いの？」 148

「俺今調子乗ってるから、止められない」 157

03＊甘い恋人。
「一緒にいられる間に、充電しとかないと」 168

「せっかく我慢してんのに、自分で煽ってどうすんの？」 178

| 「莉子はダメ」 | 188 |
| 「どこまでも束縛したくなる」 | 194 |

04＊キミが可愛くて。

「俺の彼女なんで」	208
「……見せつけてんの」	216
「俺以外の男見すぎ。喋りすぎ。触りすぎ」	227
「もう嫌だって言ったって、離さない」	238
「莉子、抱きしめていい？」	257
「別に莉子以外どうでもいいし」	263
「ほんと……可愛くてたまんない」	271

番外編

初めてのお宅訪問	286
秘密の取り引き	295
キミを見つけた日	303
バレンタインデー	326

| あとがき | 344 |

01＊突然の告白。

「好きです。俺と付き合って」

　今、自分の置かれている状況に、頭がついていくことができないでいる。

　朝の校舎裏。目の前には、作りものかと思うほど綺麗な顔をした男の人。

　その人が、私を見つめてこんな言葉を口にした。
「好きです。俺と付き合って」

　これって……告白？

　遡ること10分前。

　いつものように登校し、教室に入ろうとしたとき、私を待っていたらしいこの先輩……瀬名湊先輩。
「ちょっと話あるんだけど、一緒に来てくれないかな？」

　そう声をかけられ、いったい私は何をしでかしたんだろうと、内心ヒヤヒヤしながらついてきた。

　だけど、まさか告白だとは思わず、先輩の言葉に耳を疑ってしまった。

　どうして……私？

　先輩と私は、今まで何も関わりがなかったはず……。

　それでも瀬名先輩の名前を知っていたのは、私が人の名前を覚えるのが得意だった……というわけではなく、ただ彼が……疎い私でも知っているほどの有名人だから。

　この高校で、彼を知らない人はいないと断言できる。

　入学してから常に首席をキープしている、創設以来の優

等生であり、現生徒会長。

　その上サッカー部ではエース的存在。そして何よりこの容姿。

　近くで見ると、彼の見目麗しさを一段と感じさせられる。

　形のいい切れ長の目にスッと鼻筋の通った高い鼻、薄い唇。まさに黄金比率なんじゃないかと思うほどバランスよく並べられた顔のパーツ。

　もちろんスタイルも海外のモデルさん並みに抜群で、噂で9頭身だと聞いたこともある。

　そんな、すべてを持って生まれたような彼がモテないはずがなく、校内女子の羨望を一身に集めているというのは、誰もが知る話だ。

　……うん。改めて、やっぱり信じられない。

「あ、あの……相手、間違えてませんか……？」

　蒼色の瞳を見つめて、首を傾げた。

　先輩が私を好きだなんて、天と地がひっくり返るくらいありえないことだ。

　誰かと間違えているか、とんでもなく悪趣味か、どちらかとしか思えない……！

「間違えてない。君が好き」

　まっすぐに見つめられながら告げられた言葉に、どきりとわかりやすく心臓が跳ねる。

　……こ、後者だった……。

　この人、とんでもない"もの好き"なんだっ……！

「……え、えっと……あの……」

ど、どうしよう……私みたいななんの取り柄もない人間に告白するなんて……逆に気の毒になってきた……。
　神に万物を与えられたような人が、なんで私みたいなのを好きになるんだろうっ……。
　ひとまず、ちゃんと返事をしよう……。
「すみません……私、先輩のことよく知らなくて……」
　私みたいなのが先輩の告白をお断りするなんて、ほんと何様だよって感じなのは重々承知だけど、「はい、お願いします」と言えるほど、"付き合う"ということを軽く考えられない。
　初めての彼氏は大好きになった人って思っている……。夢見すぎだってわかっているけど……。
　お断りした私に、先輩は表情をピクリとも変えず口を開いた。
「じゃあ、友達からはダメ？」
「え？」
　……友達……？
「友達からでもいいから、一緒にいてほしい。俺のこと知って、それから考えてもらいたい」
　目を逸らすことを許さないような、まっすぐな瞳で見つめられる。
　その瞳は真剣そのもので、私はごくりと息を呑んだ。
　友達からって……そこまで仲のいい男友達ができたことがないから、それすらどんな感じなのか想像もつかない。
　返事に困ってしまって、唇をきゅっと窄めた。

「お願い。俺にとって最初で最後の恋だから、チャンスが欲しい」

微動だにしなかった先輩の表情が、微かに崩れたような気がした。

大げさな言葉とは裏腹に、声は切実に訴えてくる……。

それがひしひしと伝わってきて、なんだか私まで胸が苦しくなった。

先輩のことを何も知らないまま断ろうとしている自分が、すごく悪い人に思えて、申しわけなくなる。

「どうしても無理だったら諦める。だから、友達から……ダメ？」

追い討ちをかけるようにそう言ってきた先輩に、私の頭の上にはてなマークが並んだ。

どうして、先輩はこんなに必死になっているんだろう。

なんで……私なの？

この先輩なら、どんな美女だって落とせそうなのに。

私の何をそこまで気に入ってくれたの……？

「……」

じーっと、私のほうをまっすぐ見つめて、返事を待っている先輩。

どれだけ好かれているんだろうと、自惚れてしまいそうなその眼差しに、私はこくりと導かれるように頷いてしまった。

「えっと……友達から、なら……」

ここまで迫られて、無理です、ときっぱり断れない。

好きになれるかどうかなんてわからないけど……ここまで真剣に気持ちを伝えてくれたこの人のことを、知りたいと素直に思った。
「ほんとに？」
　私の返事を聞いた先輩の表情が、みるみるうちに明るくなる。
「ありがとう。嬉しい」
　言葉どおり、本当に嬉しそうに微笑んだ先輩に、不覚にも胸が高鳴る。
　う……笑顔の破壊力……恐ろしい……っ。
「あ……そういえば名前言ってなかった……。俺、2年の瀬名湊。これからよろしく」
　思い出したようにそう言って、名乗ってくれた先輩。
　はい知ってます……と心の中で返事をして、私も自分の名前を口にした。
「こ、こちらこそ……私は1年の小森莉子です」
「うん、知ってる」
　すぐに返ってきた返事と笑顔。
　そ、そっか……告白する相手の名前くらい、知ってるよね……。
　なんだか恥ずかしくなって、視線を下げた。
「急に呼び出してごめん。そろそろ授業始まるし、戻ろっか」
「あ……はいっ」
　2人で並んで、さっき通った廊下を歩く。
　1年の私の教室に近づくにつれて増えていく人の目。

う……視線が痛い……。
「ねぇ、あれって……」
「湊先輩が女と歩いてる……！」
　こそこそと何か言われている声が聞こえて、思わず肩を縮こめた。
　多分、有名な先輩の隣に私なんかがいるから、何か言われているんだろう……。
　どこからともなく聞こえる悲鳴に、湊先輩の人気を痛感する。
　先輩はこれだけ注目されて、気にならないのかな……？
　ちらりと先輩のほうを見るけど、まったく気にしていない様子だった。
　噂されるのが日常茶飯事だから、もはやなんとも思わないのかな？
　そんなことを思っていると、パッと先輩がこちらを見た。
「今日の放課後ってあいてる？　今日部活ないから、一緒に帰りたいんだけど」
「え？」
　放課後……？
　突然のお誘いに、少しだけ悩む。
　今日は……何もなかったよね？
「はい……今日なら、あいてます……」
　保健委員の仕事もないし……うん、大丈夫。
　って、一緒に帰りたいってそれは……もしかして、ふ、2人でってこと……!?

「それじゃあ終わったら教室まで迎えに行くね」
「は、はい……」
「俺、教室こっちだから、バイバイ」
　とっさに頷いた私に満足げな表情を残して、先輩は行ってしまった。
　あ……行っちゃった。
　それにしても……先輩の教室って、２年生だから私の教室と階が違うんじゃないのかな……？
　もしかして、わざわざ送ってくれたの……？
　優しい人なんだなぁ……。
　意外な一面に驚きながらも、自分の教室に入る。
　その途端、待ってましたと言わんばかりの勢いで、親友の紗奈ちゃんが飛びついてきた。
「莉子!!　あんた瀬名先輩に呼び出されたってほんと!?」
　いったいどこから聞いたのか、目をまん丸に見開きながらそう聞いてくる紗奈ちゃん。
　この学校、瀬名先輩の噂が回るの早いんだなぁ……あはは……。
「え、えっと……」
「あの瀬名湊に呼び出されるなんて、なんかやらかしたの!?」
　な、なんて言えばいいんだろう……。
「……こ、告白……された」
「はぁっ!?」
　悩んだ末、正直にそう話した私に、紗奈ちゃんが大きな

声をあげた。
「告白!?!?　あの瀬名先輩から!?!?」
「さ、紗奈ちゃん声が大きいよ……!」
　ま、周りのみんながこっち見てる……!
「ご、ごめんごめん……ちょっとびっくりしすぎて……。で?」
「で?って……?」
「返事よ返事!　どうしたの!?」
「と、友達からってことになって……」
「友達からぁ!?!?　なんでそんな勿体無いことしたの!?」
「さ、紗奈ちゃん声が大きいってば……!」
　またしても叫んだ紗奈ちゃんに、しぃー!っと人差し指を立てる。
「ごめんごめん……。でもまさか、あの瀬名湊が告白するなんて……」
　興奮冷めやらぬ様子の紗奈ちゃんに、私も同意してこくりと頷く。
　驚くのも無理ないよね……。
「私もびっくりしたの……どうしてあんなかっこいい人が私なんかに……」
「いや、そっちじゃないわよ」
「え?」
「あの人が女嫌いって噂、聞いたことあるでしょ?」
「うん……少しだけ……」
「でも、ただの女嫌いじゃないのよ。あの人はもう病気レ

ベルの女嫌いなの」
　病気……レベル？
「どういうこと？」
　そう尋ねた私に、紗奈ちゃんは瀬名先輩の女嫌い伝説を詳しく話してくれた。
「あの人……女が話しかけても何をしても無視。もはや存在を無視。女がいる場には絶対に行かないし、女ってつくものは全部毛嫌いしてるらしいの」
　そ、そこまで……？
「どんな美女が落としにかかっても無視どころか、自信喪失してトラウマになるほど、相手にされないらしいわよ」
「そ、そうなんだ……」
　確かに、それは病気レベルだ……。
「それなのに……そんな先輩が告白って、莉子何したの!?!?」
　紗奈ちゃんの言葉に、私が聞きたいよとため息をついた。
「何もしてないから、私も驚いたの……」
「何もしてないのに……。んー……まあ、莉子ならわからないこともないか……」
　え？
「どういう意味？」
「あの瀬名湊を射止めてもおかしくないってことよ」
　……ん？　ど、どうして……？
　いったい何がおかしくないのか、紗奈ちゃんの言葉が理解できず、首を傾げた。

「ていうか、友達から始めるってどういうこと?」
「あ……1回断ったんだけど、友達からでいいから一緒にいたいって言われて、断れなくて……」
　……自分で言っていて恥ずかしくなってきた……。
　先輩の真剣な表情を思い出して、カァッと顔が熱くなる。
　紗奈ちゃんも、目をまん丸に見開かせて驚いていた。
「そんなこと言うの?　あの人。ファンが知ったら倒れそうね……」
「う、うん……」
「でもいいじゃない!　あの人勉強できるし、言わずもがな顔は国宝級!　公立じゃ強豪なうちのサッカー部で、2年にしてエース!　運動神経も文句なし!　不安要素なんてないでしょ!　もう付き合っちゃいなさいよ!」
「そ、そんな……簡単に言わないでよ。私、先輩のこと何も知らないもん……」
　ニヤリと口角を上げる紗奈ちゃんに、私は首を左右にぶんぶんと振った。
　紗奈ちゃんってば、他人事だと思って……!
「勿体無いわよ。あれほどのハイスペック男を逃しちゃ!!」
　確かに、紗奈ちゃんが言っていることもわかる。
　あんな少女漫画のヒーローみたいな、何もかも持って生まれてきたような人、きっとこの先私の前には現れないかもしれない。
　でも……それとこれとは別っていうか……。
　恋人って、好き同士の2人がなるものでしょ……?

好きでもないのに付き合うなんて、先輩にも失礼だと思うし……。
「ま、あたしはクール系はタイプじゃないけどね？　どっちかっていうと朝日先輩のほうが断然好みだわ……！」
　考え込む私を尻目に、紗奈ちゃんがそんなことを言った。
「朝日先輩？」
「瀬名先輩の友達！　もうTHE紳士みたいな優しい色男！知らないの？」
　そ、そうなんだ……。
　遠くを見つめて「はぁ……お近づきになりたい……」とため息をつく紗奈ちゃんに、苦笑いを返した。
　そういえば、先輩、放課後迎えに来るって言っていたけど……本当に来るのかな……？
　ふと、先輩の優しい笑顔を思い出す。
　紗奈ちゃんが言っていた噂の女嫌いの先輩と、同一人物とは思えないや。
　断りきれず、その場の雰囲気で友達になること了承しちゃったけど……。
　曖昧なまま一緒にいるのは失礼だし、先輩のことをちゃんと知りたい。
　こんな私に告白してくれたんだから……私だって、きちんと答えなきゃダメだよね……。

「俺、容赦しないよ?」

　放課後を告げるチャイムが鳴り響き、教室内にクラスメイトたちの声が広がる。
「やっと終わった〜!」
　隣の席の紗奈ちゃんも、伸びをしながらそんな言葉を口にした。
「ねぇ莉子、今日委員の仕事ないって言ってたよね? 暇なら帰りどっか寄ってかない?」
「どっか?」
「んー、甘いものが食べたい!」
「いいね」と言いかけて、朝の出来事を思い出す。
　そういえば……。
『それじゃあ終わったら教室まで迎えに行くね』
　あれは、冗談だよね……?
　……うん、きっとそうだ。
　だってやっぱり……瀬名先輩が私を好きだなんて、ありえないもん。
「うん、行こっか」
　そう言って紗奈ちゃんに笑顔を向けると、同じ笑顔が返ってくる。
「よし! 決まりね!!」
　よっぽど甘いものが食べたかったのか、紗奈ちゃんは鼻歌交じりに帰る支度を始めた。

「どこ行こっか？」
「そうねー……ドーナツかパフェかケーキが食べたい気分！」
「あはは、選択肢多いよぉ」
「あたしの身体が糖分を求めてるの！」
　と手を握りしめて語る紗奈ちゃんに、くすくす笑いながら、2人で教室を出ようと立ち上がる。
　そのとき、違和感に気づいた。
「なんか外騒がしくない？」
　どうやら紗奈ちゃんも同じことに気づいたらしく、2人で目を合わせる。
「そうだね。何かあったのかな……？」
　なんだか、やけに廊下のほうが騒がしいような……？
　不思議に思って、私は教室の扉から廊下を見た。
　そして、ある1人の姿が視界に飛び込んできて目を大きく見開いた。
「……え？」
　瀬名、先輩……？
「ちょっと莉子、あれ瀬名先輩じゃないの!?」
「え……あ、う、うん、そうだね」
「そうだねじゃないわよ！……って、こっち見た!!」
　壁にもたれかかりながらスマホを見ていた先輩の視線が、スッとこちらに向く。
　すると先輩はスマホをしまって、私たちのほうに歩み寄ってきた。

どうして……？
「あ……終わった？」
　私の目の前に来た先輩にそう聞かれ、ハッと我に返る。
「え、えっと……」
　私を……待っていてくれたの？
　あの告白は……本当に、本当だったの……？
　頭が混乱してしまって、うまく言葉が出てこない。
　聞きたいことがありすぎて、まとまらなかった。
　そんな私を見かねてか、先輩は恐る恐ると言った感じで再び声をかけてくる。
「……友達？」
　えっと、紗奈ちゃんのことかな……？
「は、はい……！」
　ひとまずこくりと頷いて返事をすると、先輩は「そっか」と言ってから、紗奈ちゃんのほうを見た。
「悪い、この子借りていい？」
　……え？
「どうぞどうぞ……!!　もうどこへでも!!」
　さっきまで甘いものが食べたい！　とあれほど言っていたのに、まるで先輩にものを差し出すかのように私の肩を押した紗奈ちゃん。
「ありがとう」
「い、いいえ！　とんでもないです！　それじゃあね莉子!!　また明日!!」
「あ……う、うん！　ごめんね！　紗奈ちゃん！」

ダブルブッキングのような形になってしまい、そう謝って頭を下げると、紗奈ちゃんは「いいのよ、いいのよ！」と微笑み、逃げるように走っていった。
「ごめん、約束してた？」
　申しわけなさにそうに眉の端を下げる先輩に、慌てて首を振る。
　そんな……悪いのは私のほうだ。
　だって……本当に来てくれると、思わなかった……。
「あの、私のほうこそすみません！　冗談だと思って……」
「冗談？　何が？」
「先輩が……その……放課後誘ってくれたのが……」
「どうして？」
　不思議そうな様子の先輩は、目を開いてじっと私のほうを見てくる。
「えっと……」
「……待って、とりあえず帰ろ。ここ人多い」
　え？
　先輩の言葉に、そっと視線を周りに向ける。
　……っ!!　いつの間にかギャラリーが……っ。
「ねぇ、あれって……」
「瀬名先輩と小森莉子が付き合い始めたって……本当だったの……!?」
「俺たちの莉子ちゃんがぁ……！」
　見渡すと、私と先輩を取り囲むように、人だかりができていた。

なんだか恥ずかしくて、スッと視線を下へと向ける。

あまり人から見られるのは得意じゃないから、今すぐここから逃げ出したい気分になる。

俯(うつむ)いていると、突然ぎゅっと手を握られた。

……え？

「行こ」

先輩……っ。

私の手を握ったまま、人混みをかき分けるようにして進んでいく先輩。

「「「いやぁあーっ!!」」」

周りから、女の子……あと、男の子の声も少し混じったような悲鳴があがった。

わ、私……明日から平和に暮らせるのだろうか……。

そう思いながらも、人混みから連れ去ってくれる先輩の手に、救われたような気持ちになる。

というより……先輩、手がすごく熱いような……？

不思議に思って、先輩のほうを見る。

え？

顔は見えなかったけど、髪(かみ)の隙間(すきま)から、ちらりと見えた先輩の耳が、驚くほど赤く染まっていた。

先輩に手を引かれるまま、学校を出た。

まだ周りに生徒の姿は見えるけれど、ひとまず人混みを抜(ぬ)けることができてホッとする。

正門を出て、2人で並んで歩く。

「家の方向どっち?」
「あっちです。徒歩で15分くらいです」
「ああ、隣町か。了解」
　私が指を差したほうを見て、頷く先輩。
「あの、先輩の家は……?」
「俺も近く。だから家まで送らせて。ダメ?」
　う……その聞き方、ずるい。
　送ってもらうのはなんだか申しわけないけど、先輩との約束をすっぽかそうとした私に拒否権はないだろう。
「ダメじゃ……ないです」
「ありがとう」
　私の返事に、先輩は嬉しそうに笑った。
「……さっきの話だけど、どうして冗談って思ったの? 俺、変な誘い方したっけ?」
　さっきの話っていうのは、私が先輩の誘いを冗談だって言ったことかな……?
「いえ、そういうことじゃなくて……どうして私なんだろうって思って……」
「ん?」
「先輩、有名人だから、私みたいなのに声かけるわけないかっ……て思ったんです。誘ってくれたのも、冗談か何かかなって……」
　先輩は一瞬驚いたような表情をして、そのあとくすっと笑った。
　わ、私、変なこと言った……?

「……俺、一般人だけど」
　冗談交じりにそう言って、おかしそうに笑う先輩。
「そ、そういう意味じゃ……」
「もしかして、俺の告白信じてない？」
　その言葉に、どきりと心臓が音を鳴らした。
「信じてないわけじゃ……！」
　言いかけて、言葉を呑み込む。
　いや……信じきれていないから、放課後の約束も、勝手に冗談だと決めつけちゃったんだ……。
　私、先輩のことを、傷つけちゃった……？
「ごめん、なさい……」
　申しわけなくって、謝ることしかできなかった。
　そんな私に、先輩は変わらず優しく微笑みかけてくれる。
「いや、謝ることないし。ちゃんと伝えられなかった俺が悪いから」
　先輩……。
　優しい言葉に、緊張が解けていくようだった。
　ちゃんと、聞いてみよう……。
「あの……どうして私なんですか……？」
　意を決してそう聞くと、先輩は歩きながら、ゆっくりと話し始めた。
「一応言っとくけど、俺別に見た目で好きになったわけじゃない……から」
　……？　見た目？
　そんな釘を刺さなくても、もちろんわかっている。

見た目で好きになるところなんて、1つもないもん……。
「いや、言い方悪かったかも。……今は見た目も含めて好きだし、誰よりも可愛いなって思ってる」
　……っ、かわい……な、何を言っているんだろう……！
　そんなわけ、ないのに……。
　言われ慣れていない言葉に、不覚にも少しときめいてしまった。
　あたふたする私をよそに、先輩は話を続ける。
「ただ、好きになったきっかけは……優しい、とこ」
「え？　優しい……？」
「1回、俺の手当てしてくれたの憶えてない？」
　私が、先輩の手当て？
　えっと……。
「……すみません」
　記憶を巡らせても、身に覚えがなかった。
　週に3日、放課後は保健委員の係として保健室でケガ人の対応をしているけど……。毎日何人も来るから、先輩ともそのときに話してたのかな……？
　それにしても覚えてないって、失礼だよね……。
「いいよ。ていうか、そういうとこが好きだから」
「……っ」
　不意打ちの2文字に、思わず息を呑む。
　そんなサラッと……好き、なんて……っ。
　どう返事をしていいかわからず、ただじっと先輩の言葉に耳を傾ける。

「俺、女嫌いなんだ」
　あ……紗奈ちゃんが言ってた……。
「はい。噂で聞きました……」
「母親が原因なんだけど、本気で女がダメで……というか、嫌いで……」
　先輩の表情からするに、本当に苦手なんだろうというのが伝わってくる。
「でも、君は俺が知ってる女とは全然違った」
　……私が？
「手当てしてもらったとき、俺を特別扱いしなかった。他のケガ人と同じように扱ってくれて、当たり前のように、みんなに優しかった」
「……」
「普通に扱ってもらったことがなかったから、すごい新鮮に感じたんだ」
「……そんな特別なことではないと思うんですけど……」
　人に優しくするのは当然だとお母さんに教えられて育ったから、みんなそうなんだと思っていた。
　それが当たり前だと思っていたから……。
「でも、俺にとっては逆にそれが特別だった。君みたいな人、初めてだった」
　そんなふうに言われると、照れてしまう。
「それからずっと気になってて、目で追うようになって、すぐに、あぁこれが恋かって気づいた」
　相槌を打つのも恥ずかしくて、ただ先輩を見つめる。

「最初は、自分が誰かを好きになる日がくるなんて夢にも思わなかったから、すごい動揺した。でも、そんなこと考えていられないくらい、好きなんだ」

　先輩の声は、真剣そのものだった。
　まっすぐな眼差しを向けられ、鼓動が速くなる。
「早くしないと誰かに取られるって思って、考えなしに告白した。それくらい……好き」
「……」
　ああ、どうしよう。
　私、今絶対……顔が真っ赤だ。
　だって、こんなにもまっすぐ思われたことなんて、ない。
　瞳で、声で、言葉で好きだと伝えてくる先輩に、どうしようもなく胸が高鳴った。
「困らせたいわけじゃないから、それだけわかってほしい。冗談でも嘘でもない。俺にとって、初めての恋だから」
　理由を聞いてもまだ、どうしてこんなにも好いてくれているのかはわからないけど……。
「は、はい」
　気持ちが痛いほど伝わってきて、頷くことしかできなかった。
　先輩が、私を見てふっと笑う。
　そのまま距離を詰めてきた先輩は、じっと見つめたまま綺麗な形をした唇を開いた。
「俺、容赦しないよ？　どんな手を使っても、俺のこと好きにさせてみせる。俺のものにしたいって思ってるから」

「……っ」

　至近距離で囁かれた強引なセリフに、顔が熱を帯びるのがわかる。

「顔、真っ赤」

　あ、当たり前だよ、そんなのっ……。

　至近距離で、こんなかっこいい人にそんなこと言われたら……。

「先輩……顔が、近いです……っ」

「先輩じゃなくて、湊って呼んで」

「え……？」

　名前で……？

「俺も、莉子って呼んでいい？　ちょっと早すぎる……？」

「それは……全然構いません」

　ていうか先輩、さっきまであんな強引なこと言っていたのに、早すぎる？なんて……優しいんだか強引なのかわからない……。

「ありがと、莉子」

　くしゃりと笑いながら名前を呼ばれ、くすぐったい気持ちになった。

　自分で許可したけど……下の名前で呼ばれるのって、ちょっと恥ずかしい……。

「俺は？」

　呼んでくれないの？とでも言いたげな表情の先輩に、うっ……と言葉を呑み込む。

　先輩を下の名前で呼ぶなんて、ちょっとハードルが高す

ぎる……。
「えっと……じゃあ、湊先輩……？」
　百歩譲って先輩は取れないと思い、そう呼ぶと、満足げな表情が返ってきた。
「まあ及第点ってことで、今はそれで我慢する。でも……莉子に呼ばれると、自分の名前が好きになれそう」
　なんだろう、その自分の名前が好きじゃないみたいな言い方。
　嫌い……なの、かな？
「すごく、いい名前だと思います」
　私は、率直にそう思った。
　湊先輩は、一瞬驚いた表情をしたあと、照れくさそうに笑った。
「……ありがとう」
　嬉しそうなその笑顔に、またしてもどきりと胸が音を鳴らした。
　イケメンって……ずるいなぁ……。
　どんな顔をしてもかっこいいなんて……。
　そんなことを思っていると、見慣れた道に差しかかる。
「あっ……私の家、あそこです」
　奥のほうに見えた赤い屋根の自宅を指さして、家に到着した。
「送っていただいて、ありがとうございました……！」
　なんだか、あっという間だったな……。
　いつもは長く感じる帰り道が、一瞬に感じた。

むしろ湊先輩と離れる寂しささえ感じて、そんな自分に驚く。
「楽しかった。また一緒に帰ってくれる……？」
「はい……もちろんです」
　湊先輩の言葉に、笑顔で頷いた。
「あ、連絡先教えて」
「はい！」
　連絡先を交換し、画面に映し出された湊先輩のプロフィール。
　湊先輩のアイコン、猫だ……可愛い！
　湊先輩が飼っている猫ちゃんなのかな……？
「それじゃあ、また」
　そう言って手を振る湊先輩。
　もっと話していたかったけど……。
「はい！　また……」
　寂しさを隠して笑顔を向ける。
「今日は、俺のわがまま聞いてくれてありがとう。……バイバイ」
　え……？
　言い逃げするように、ポツリと言われたそんなセリフ。
　私に背を向けて歩いていく湊先輩の耳が、赤く染まっていた。
　……っ!!
「み、湊先輩！」
　とっさに、名前を呼んでしまった。

私の声に引き止められた湊先輩が、ゆっくりと振り返る。
「私……真剣に、考えます」
　今朝は、告白はただの冗談だと思っていたけど……。
「好きになってくれて、ありがとうございます……！」
　こんなに真剣に気持ちを伝えてくれる人に、曖昧な態度を取っちゃダメだ。
　それに、もう知りたいって思い始めている……湊先輩のこと。
　もっともっと……知りたい。
　私を見つめる湊先輩の瞳が、大きく見開かれる。
　少しの沈黙のあと、湊先輩は私のほうへと戻ってきた。
　目の前で立ち止まり、綺麗な瞳にじっと見つめられる。
「そういうところがほんとに……」
「……え？」
　今、なんて？
「……ううん、どうしようもなく好きだなって思っただけ」
「っ!!」
「ありがとう。頑張るから、前向きに考えてね」
　ああ、もう……どうしよう。
　恥ずかしくて、湊先輩のほうを見れない……。
「は、はい……」
　視線を逸らしたまま、こくりと頷いて返す。
　すると、ポンッと優しく頭を撫でられる。
「また明日、莉子」
　私の顔を覗き込んで、耳元で囁いた声が、驚くほどに甘

くて……。
　どうしようもなくドキドキしているのを、隠すのに必死だった。

「ごめん。可愛かったから見惚れてた」

　はぁ……。
　お風呂からあがって、部屋に入るなりそのままベッドにダイブする。
　今日は、本当にいろいろありすぎた……。
　昨日までなんの関わりもなかった湊先輩と、こんなことになるなんて……。
『俺、容赦しないよ？　どんな手を使っても、俺のこと好きにさせてみせる。俺のものにしたいって思ってるから』
　湊先輩に言われた言葉をふと思い出し、途端に顔が熱くなった。
　あんなこと言われて、ドキドキしないほうがおかしい。
　真剣に考えるって言ったんだから、私も向き合わなきゃ。
　でも、向き合うって……どういうことだろう……？
　湊先輩の気持ちを、受け入れるってこと……？
　そ、それはまだわからないけど、でも……。
　この人を好きになりたいって、思った。
　ピコンッ——。
「わっ……びっくりした。……って、湊先輩から？」
　画面に映し出された、【湊】という文字。
　なんてタイミング……あはは。
【今日はありがと】
　短いメッセージだったけれど、そのひと言に湊先輩の優

しさが隠されているような気がした。
　いったい何に対してのありがとうなんだろう。ふふっ、わからないけど、律儀(りちぎ)な人だなぁ。
　笑みを零(こぼ)しながら、返事を打った。
　あ、そうだ！
　猫ちゃんのことも聞いてみよう……！
【こちらこそです。アイコンの猫は湊先輩が飼ってる猫ですか？】
　そのメッセージに、すぐに返信がきた。
【そう。ノルウェージャンフォレストキャットっていう種類の】
　湊先輩の猫ちゃんなんだ……！
　いいなぁ……！
【聞いたことあります！　すっごく可愛いですね！】
　でも、湊先輩が猫って意外かも……！
　そのあとも、湊先輩とのやり取りが続く。
【猫好きなの？】
【はい！　大好きです！】
【じゃあ今度見に来て】
【いいんですか？　ぜひ！】
　動物で何が一番好き？という質問に「猫！」と即答(そくとう)するほど猫が好きな私にとって、とても嬉しいお誘いだった。
【莉子って昼飯どこで食べてる？】
　お昼ご飯……？
　どうしてだろう……？

不思議に思いながらも、返信を送る。
【教室で友達と食べてます】
　お昼休みはいつも、紗奈ちゃんと２人で食べている。
【嫌(いや)じゃなかったらなんだけどさ、明日から一緒に食べない？】
　……え？
【屋上で。友達も一緒で構わないから】
　ど、どうしよう……。
【ちょっと友達に聞いてみていいですか？】
　予想外のお誘いに、とりあえずそう返した。
　紗奈ちゃんは嫌だとは言わないだろうけど、聞かずに勝手に決めるのはダメだ。
　けれど不思議と、断るという選択肢はなかった。
　急いで、紗奈ちゃんにメッセージを送る。
【紗奈ちゃん、明日から湊先輩も一緒にご飯食べていい？】
　一瞬で既読(きどく)になったかと思うと、瞬(またた)く間に絵文字いっぱいの返事がきた。
【何それ!!　全然オッケー!!】
　『ありがとう！』のスタンプを返し、また湊先輩とのトーク画面に戻る。
　『オッケーをもらえました』と伝えると、『よかった』という返事が来た。
【それじゃあ昼休みに屋上集合でいい？　俺も１人友達連れてく】
　湊先輩の友達……どんな人だろう。

【わかりました!】
【楽しみにしてる】
　そのひと言に、胸がどきりと高鳴った。
　湊先輩って……直球だなぁ……。
　駆け引きもなく自分の感情を伝えてくる湊先輩に、このときからすでに振り回されていたと気づくのはもう少し先の話。

　翌日。
「莉子おおお!!!!!!」
　登校して私を見つけるなり、大声で私の名前を叫んで駆け寄ってきた紗奈ちゃん。
　その勢いと形相に、反射的に身を引いた。
「お、おはよう紗奈ちゃんっ……!」
　か、可愛い顔が台無しになってるよ……!
「今日、ほんとに湊先輩とご飯食べるの……!?」
　心なしか鼻息が荒くなっている紗奈ちゃん。
「う、うん……。湊先輩も1人友達連れてくるみたいだから4人でだって。急にごめんね……」
「謝ることないわよ!!　むしろ大歓迎!!　湊先輩の友達ってどの人だろ……。まぁこの際誰でもいいか!　イケメンの友達はイケメンよね……!」
　片方の手で力強いガッツポーズをして、「よくやってくれたわ莉子!!」と空いている方の手で肩を叩いてきた紗奈ちゃん。

い、痛い……。

　数時間後。
　4時間目の終わりを知らせるチャイムが、校内に鳴り響いた。
「紗奈ちゃん、屋上行こっか？」
　お弁当を持って紗奈ちゃんに声をかける。
　何やら気合いの入った様子の紗奈ちゃんは、ゆっくりと立ち上がって言った。
「来たわね……。いざ決戦の時……！」
　決戦って……。あはは……。
　すぅー……はぁー……と深呼吸を繰り返している紗奈ちゃんと一緒に、屋上へと向かう。
　そういえば、屋上行くの初めてだなぁ……。
　別に立ち入り禁止ではないけれど、屋上は先輩たちのものというイメージがあり、下級生はあまり使わない。
　ちょっとドキドキする……。
「あー、緊張してきたぁ……！」
　隣の紗奈ちゃんは、私とは違う意味でドキドキしているみたい。
「もう来てるかな？　湊先輩たち……」
　授業終わるの遅れちゃったし、私たちのほうが先ってことはないか……？
　ゆっくりと屋上の扉を開ける。ふわりと風が吹いた。
「……あっ」

扉を開けた先に、奥のベンチに座る湊先輩と、1人の男の人の姿を見つけた。

湊先輩も私たちに気づいて、こちらを向く。

「莉子、こっち」

そう言って手招きしてくる湊先輩に、こくりと頷いた。

「……う、うそ」

……ん？

隣から聞こえた、紗奈ちゃんの声。

困惑しているような声色に、首を傾げる。

「紗奈ちゃん？」

固まっちゃって、どうしたんだろう……？

「あ、あさ……ああぁ朝日せんぱ……」

……え？

朝日先輩？

紗奈ちゃんの視線を辿ると、そこには湊先輩……ではなく、どうやら湊先輩の隣の男の人に向けられているようだった。

あ、そういえば……。

『ま、あたしはクール系はタイプじゃないけどね？　朝日先輩のほうが断然好きだわ……！』

って言ってたような……。もしかして、湊先輩の隣にいる人が、朝日先輩なの……？

「あれ？　俺のこと知ってるの？　嬉しーな」

スッと立ち上がって、笑顔で近づいてくるその人は、どうやら本当に朝日先輩らしい。

「ほ、ほほほ、ほんもの……！」
「ふふっ、なんか俺芸能人みたい。本物だよー」
　気さくな人なのか、朝日先輩は「よろしくね」と微笑み紗奈ちゃんの手を握った。
　紗奈ちゃんの目がハートになってる……！
「あ、君が莉子ちゃんだよね。初めまして、俺は白川朝日。いつも湊がお世話になってます」
　私のほうに視線を向け、にっこりと微笑んでくれた朝日先輩。
　紗奈ちゃんが力説してたけど……確かに、優しそうな人だなぁ。
　なんていうか、湊先輩とはまた違った爽やかなオーラを纏っている人だ……。
　今時の髪型に制服の着こなし、女の子から好かれる要素をぎゅっと詰め込んだような外見。
　計算し尽くされたような笑顔は、周りにキラキラが飛んでいるようにすら見える。
　物腰もやわらかそうな雰囲気だし、紗奈ちゃんが絶賛していたのも納得だった。
「初めまして、小森莉子です」
　ぺこりと頭を下げ、私も自己紹介をする。
　ちらりと隣の紗奈ちゃんを見ると、朝日先輩を見つめながらうっとりした様子で固まっていた。
「えっと、彼女は私の親友で……」
「と、ととと、富里、ささささ紗奈ででです……」

「ふふっ、りょーかい。これからよろしくね、莉子ちゃん紗奈ちゃん」
「か、かっこ、いい……」
　紗奈ちゃんが、完全に恋する乙女だ……。
「莉子、ここ座って」
　黙って私たちのやり取りを見ていた湊先輩が、しびれをきらした様子で口を開いた。
　自分の隣をポンッと叩いて、私に目で訴えてくる。
「は、はい！」
　こくりと頷いて、慌てて湊先輩のほうへと駆け寄った。
　隣に座ると、湊先輩は満足げに微笑む。
「食べよ」
「そうですね」
　あ、湊先輩はパンなんだ……。
　メロンパンをもぐもぐ食べる湊先輩が、なんだか可愛い。
　一方で、未だに朝日先輩に見とれて固まっている紗奈ちゃん。
　よっぽど嬉しかったんだろうなぁ……あはは。
　朝日先輩が、紗奈ちゃんを見て苦笑いを浮かべている。
「さ〜なちゃん、戻ってきて！」
「……ハッ！」
「あはは……戻ってきてくれてよかった。俺らも昼飯食べようか」
「は、はははは！！」
　こちらの世界に戻ってきた紗奈ちゃんと朝日先輩も、隣

のベンチに座って、ようやく４人でお昼ご飯を食べ始めた。
「それにしても、湊が自分から女の子誘うなんてびっくり」
　サンドイッチを頬張りながら、「今世紀最大の事件だわ」と独り言のように言った朝日先輩。
「……うるせー」
　キッと睨む湊先輩にも動じず、朝日先輩はニヤニヤと口角を緩めながら私のほうを見てきた。
「いやでもほんと、マジでビビったよ、俺。今日もさ、普段俺に頼み事なんてしてこないのに、『頼むから一緒に来てくれ』って切羽詰まった顔で言ってくんだもん。莉子ちゃん愛されてんね？」
　……そ、そうだったの？　湊先輩が……頼んでまで……。
　素直に、嬉しい……。
「お前……マジで黙れ」
「ふふっ、はーい」
　きっと今、私、顔が赤くなってる。
　湊先輩のほうを見ることができない……。
　でも、だ、黙っていたら不自然だよね……。
「お、お２人は、いつからのお友達ですか……？」
　何か話そうと思い、なんとか質問を絞り出したけど、すごく不自然に思われたと思う。
　１人心配する私をよそに、朝日先輩と湊先輩は同時に口を開いた。
「お隣さんで幼なじみ兼親友兼サッカー部のチームメイトって感じかな？」

「ただの腐れ縁」
　ず、ずいぶんと温度差のある回答だなぁ……。
「うわ、湊ひっど!!　毎日恋愛相談乗ってあげるなんて、俺くらいのもんだよ？」
「……死んどけ」
　でもなんだか……。2人の仲のよさというか、信頼関係が伝わってくるみたいだった。
「聞いてよ莉子ちゃん。こいつ告白の仕方とか、呼び出すタイミングとか……」
「朝日。それ以上言ったらわかってんだろうな」
　湊先輩が、朝日先輩の言葉を遮るように睨む。
「ひー、怖い怖いっ。莉子ちゃん助けてー！」
「莉子に触んな。つーか見んな」
「おま……それは無茶すぎるだろ……」
　賑やかなランチタイムが流れる屋上。
　湊先輩と朝日先輩のやり取りを、紗奈ちゃんと笑いながら見ていた。
「あ、俺お茶買ってくるわ」
　ご飯を食べ終わり、何気ない話をしながら残りのお昼休みを過ごしていると、朝日先輩が突然立ち上がった。
「喉渇いたしー。……そうだ、紗奈ちゃんも行かない？」
　え？
「……!?　ぜ、ぜひ!!」
「ふふっ、じゃあ行こっか？　邪魔者は一旦退散しまーす」
　え、あの……！

引き止める間もなく、行ってしまった２人。
　出ていく寸前、朝日先輩がウィンクをしたように見えた。
　もしかして、気を使わせてしまった……？
　広い屋上で、湊先輩と２人きり。
　少しの間、沈黙が流れる。
「ごめん……。あいつふざけてるけど、根はいいヤツだから……」
　静寂(せいじゃく)を破った湊先輩の声は、申しわけなさそうで、でもどこか優しさが含まれているような声色をしていた。
「友達思いなんですね」
「友達……っていうか、兄弟みたいな感じ。うるさいけど、信用はしてる」
　ふふっ、さっきはきついこと言っていたけど、なんだかんだ、とてもいい関係なんだろうなぁと思った。
「はい。伝わってきました」
　笑顔を浮かべて、湊先輩のほうを見る。
　するとなぜか、湊先輩は目を見開きながら私を見つめ返してきた。
「……湊先輩？」
　どうしたんだろう……？
「あ……ごめん。可愛かったから見惚(みと)れてた」
「……っ、え」
　今、可愛いって……言った？
　恥ずかしげもなく言葉にする湊先輩に、こっちが照れてしまう。

ま、また顔が熱くなってきた……。
「あのさ……いつも放課後って何してんの?」
　……放課後?
「えっと、月・水・金は夕方6時まで保健室にいます。保健委員なので、先生のお手伝いを……」
「今日も?」
「はい」
　今日は水曜日だから、委員としての仕事がある。
　先生のお手伝いというより、先生がいない間、先生の指示どおりケガ人や病人の手当てをするお仕事だ。
「俺も6時まで部活なんだけど……。終わったら、一緒に帰らない?」
　私の顔色を窺うようにじっと見つめて、そう言ってきた湊先輩。
「は、はい」
　断る理由もなくこくりと頷くと、湊先輩は嬉しそうに口角を緩めた。
「ありがと。それじゃあ終わったら迎えに行く」
　"迎えに行く"
　その言葉に、くすぐったい気持ちになる。
　昨日は冗談だと思って、約束を破って紗奈ちゃんと帰りそうになったけど……。
「今日は……ちゃんと、待ってます」
　気恥ずかしくて、湊先輩から視線を逸らしながらそう言った。

なぜか返事がなくて、シーンとその場が静まる。
　　あ、あれ？
　　私、変なこと言った……？
「湊、先輩……？」
　　心配になって湊先輩のほうを見ると、なぜか先輩は、真剣な表情で私を見つめていた。
　　ドキッ。
　　綺麗な瞳にじっと見つめられ、逸らせなくなる。
　　ゆっくりと、目の前に湊先輩の顔が近づいてきた。
　　湊、先輩……？
　　顔が、近……い……。
　　──ガチャリ。
「ただいー…………あれ、タイミング悪かった……？」
　　扉が開いて、朝日先輩と紗奈ちゃんが入ってくる。
　　私は反射的に、湊先輩から距離を取った。
　　……び、びっくり、した……。
　　今……。
　　……キ、キス、されるかと思った……。
「えっと、俺らもう1回どっか行こうか？」
「……もうお前喋んな」
　「えー、ひっど！」と不満をこぼしながら不機嫌アピールをする朝日先輩に、ホッとする。
　　よかった、2人が戻ってきてくれて。
　　もしあのまま、2人が戻ってこなかったら……。
　　どう、なっていたんだろう……。

……ダメだ。変なことを考えるのは、やめよう……！
慌てて首を振って、変な想像を振り払う。
ただ心臓だけが、ドキドキと鳴り止まないままだった。

「好きな子が怯えてんのに、放っておけない」

「それじゃあ、会議に行ってくるから、少しの間あけるわね」
「はい！ いってらっしゃい先生！」
「ふふっ、今日も莉子ちゃんは可愛いわ〜」
　私の頭をわしゃわしゃとして、出ていった保健の先生。
　よし、先生がいない間、しっかり仕事しなきゃ。
　そう気を入れ直して、頬をぺちっと叩いた。
　放課後の保健室は、訪問者が多い。
「保健委員ー！　ケガ人出たから手当てお願い！」
　マネージャーらしき女子生徒が、ユニフォームを着た男子生徒を連れて入ってきた。
「はーい！」
　男の子を入れるや否や、「あとはよろしく！」と去っていったマネージャーさん。
　頼まれた私は、ケガ人の男子生徒を椅子に座るよう案内した。
　うわ……酷いケガ……。
　見ているこっちが痛くなるようなケガを膝に負ったその男子生徒は、痛みを堪えるように唇をきゅっと噛みしめている。
　多分陸上部員で、練習中に転んでしまったみたいだ。
「大丈夫ですか？　結構痛みますか？」
「ええっと、まあまあ……」

ケガの具合を確認しようと質問した私に、男子生徒はそう返事をした。
　でも、多分すごく痛いんだと思う。
「すぐに消毒しますね」
　手当てをする器具を一式そろえて、男子生徒の前にしゃがみ込む。
「ちょっと染みるかもしれないので、少しだけ我慢してくださいね？」
　じっと見つめてそう言うと、なぜか男の子は顔を赤く染め、「は、はい」と首を振る。
　そうだよね、怖いよね……。できるだけ痛くしないように、そーっとそーっとしなきゃ。
　慎重(しんちょう)にケガ周りの砂や不要物を拭(ふ)き取り、ガーゼで止血をする。
　ケガの上から大きめの救急絆創膏(ばんそうこう)を貼(は)り、取れないようにネットを巻いた。
「はい！　終わりましたよ！」
　もう大丈夫ですよと安心させてあげたくて、彼に笑顔を向けると、なぜかさっきよりも顔を赤くしている。
　痛む傷口を我慢しているからなのか、もしくは私の手当てが下手だったからなのか……。
　もし後者だったらごめんなさい……！
「お風呂に入るときは、新しい絆創膏に交換してくださいね！　何もしないで放っておくと化膿(かのう)する場合もあるので、ケガ周りは常に清潔に保ってください」

交換用の絆創膏を念のため3枚、男子生徒に渡す。
「痛みが続いたり、手当てが必要なときは、気軽に保健室に来てください」
　じっと私を見つめ、相変わらず顔を真っ赤にさせながら彼はコクコクと頷いた。
「は、はい……！」
「お大事にっ！」
　軽く頭を下げて、彼を送り出す。
　ふぅ……。一段落した……。
　部活動中のケガ人は多く、放課後はいつも気が抜けない。
　小さなケガから大きなケガまで、1日15人くらい手当てをすることもある。
　今日は比較的、少ないほうかなぁ……。
　1人そんなことを考えていると、背後から言葉を投げられた。
「莉子ちゃんと同じ日はほんと人が多いなぁ」
　声の主は、同じ保健委員の兼山先輩。
　3年生で、唯一親しい人。紗奈ちゃん情報によると、女の子から人気らしい。
　確かに、優しくて紳士的な人だから、人気なのも頷ける。
「え？　そうなんですか？」
　私と同じ日って……どういう意味だろう？
「うん。みんな、ちっちゃい傷でも、ここぞとばかりに手当てしてもらおうと思ってんじゃない？」
　「さすが保健室の天使だね」と言って微笑む先輩の言葉

が、まったく理解できない。
　ここぞとばかり？　保健室の天使？
　なんの話……？
「先輩、さっきからなに言ってるんですか？」
　そう言って首を傾げると、先輩はくすっと笑った。
「まさかみんな、莉子ちゃんがここまで鈍い子だとは思ってないだろうなぁ」
「鈍い？　私、手先鈍いですかっ……？」
　器用なほうではないけど、手当ては慎重にやっているつもりだったのに……！
「ううん、こっちの話」
　はぐらかすように話を止めた先輩に、軽くショックを受けた。
　私、手当て下手だったんだ……。
　む、向いてないのかな……。
　肩を落としながら、ちらりと保健室の壁時計に目をやる。
　……って、もうこんな時間だ！
「先輩、そろそろ5時ですよ！」
　確か兼山先輩、今日はバイトがあるから5時までって言っていたはず。
「あー、ほんとだ……」
　先輩は時計を見て、残念そうに唇を尖らせた。
「もうちょっと莉子ちゃんと2人でいたかったなぁ」
　そんなこと言ってくれるなんて、先輩は優しいな。
「ありがとうございます。でも私、面白い話とかできませ

んよ」
　きっと一緒にいても楽しくなんてないだろうけど、お世辞はありがたく受け取っておこう。
「違う違う。そういうことじゃないよ」
　え？
「莉子ちゃんといると、癒されるから」
「……？」
　今日の先輩は、わからない話ばかりする。
　私といると癒されるってどう意味？
　首を傾げると、先輩は何やら意味深に口角を上げた。
　それは、いつもの優しい先輩の顔じゃなかった。
「ねぇ莉子ちゃん」
　1歩、2歩と、ゆっくりと私のほうへ近づいてくる兼山先輩。
　どうし、たんだろう……。
　なんだか兼山先輩……怖い。
「2年の瀬名と付き合ってるってほんと？」
「へ……？」
　先輩の質問に、思わず変な声が出た。
　どうして、先輩がそれを……！
「今その話題で持ちきりなんだけど」
　ああ、なるほどと納得してしまう。
　湊先輩は人気者だから、きっと噂が回ったんだ。
「つ、付き合ってはいません……。まだ……」
　お友達から、という関係だから、間違いではない。

ただ、はっきりと言いきれなかったのはどうしてだろう。
　まだ……何？
　自分自身に問いかける。
「……まだ？」
　私と同じところが気に留まったのか、先輩はピクリと眉を動かした。
「はい……」
　今は"まだ"付き合っていない。
　だけど……付き合ってないって言いきるのは、嫌だった。
　知れば知るほど、湊先輩のことを好意的に思う自分がいたから。
　昼休みのことを思い出して、顔が熱くなるのを感じた。
「何その顔。妬いちゃうなー」
　相変わらずにっこりと意味深な笑みを浮かべながら、じりじりと近づいてくる先輩。
　どうすることもできず立ち尽くしていると、あっという間に先輩は目の前までやってきた。
　ぐいっと顔を近づけて、至近距離で見つめてくる先輩。
「あ、あの……近い、です……！」
　何、やだ……怖い。
　先輩、どうしちゃったの……？
「俺、莉子ちゃんとちょっとずつ仲良くなろうと思ってたのに」
「え？」
「他の男に取られるのも気に入らないし、ましてやその相

手が瀬名なんて、すっごいムカつく」
「あ、あの……」
「やっぱり莉子ちゃんもかっこいいヤツがいいの？　俺も結構イケてるほうだと思うんだけどな」
　私に答える隙も与えず喋る、先輩の目が怖い。
　離れようと１歩後ずさった瞬間、ガシリと腕を掴まれた。
　……っ!!
「は、離してくださいっ……」
　振りほどこうともがいても、ピクリとも動かないくらい先輩の手に力が入っている。
　私の腕を掴んだまま、更に顔を近づけてくる先輩。
「ね、１回俺と遊んでみない？　そしたら気持ち変わるかもよ？」
　なに、言って……っ。
　少しずつ、私と先輩の距離がなくなっていく。
　嫌、やだやだっ……やめて……っ。
　誰か、助けてっ……！
　──ガンッ!!
　荒々しい音を立てて、保健室の扉が開いた。
　息をきらし、殺気を纏っているその人を見て、じわりと涙が溢れる。
「……湊、先輩？」
　どうしてここに湊先輩がいるのかはわからないけど、ただ……ホッとした。
　もう大丈夫だって、なぜだか安心できたんだ。

「莉子から離れろ」
 静かに私たちのほうへと近づいてきた湊先輩が発した声は、驚くほど低かった。
 すぐ目の前に来た湊先輩は、私の手を引いて、自分の背中に隠してくれる。
「おま……なんでここに……」
「……チッ」
 湊先輩が、兼山先輩を見て舌打ちをした音が聞こえた。
 背中に隠れているため、湊先輩の顔は見えない。
 でも、湊先輩の肩越しに兼山先輩の真っ青になった顔を見て、なんとなくその表情を察した。
 湊先輩、怒ってる……？
 私のために……怒ってくれてるの？
「おい」
 静寂に包まれた保健室に、湊先輩の低い声がよく響く。
「……2度と莉子に近づくなよ」
「……わ、わかった……」
「早く行け」
 そのひと言で、兼山先輩は逃げるように保健室を去っていった。
 よかった……。
「莉子……大丈夫？」
 すぐさま振り返った湊先輩が、心配そうに私の顔を覗き込んでくる。
 さっきとは打って変わって、その声はとても優しかった。

まだ自分の手が少し震えていることに気づいて、両手を握り合わせる。
　湊先輩が来てくれなかったら、あのまま、どうなっていたかわからない……。
　ほんとに、本当によかった……。
　でも、どうして湊先輩はここに……？
「湊先輩……。どうして……」
「グラウンドから見えた」
　私が言い終わるよりも先に、質問を汲み取ってくれた湊先輩が、きっぱりとそう言った。
　グラウンド……。そっか、この保健室、グラウンドに面してるから、向こうから見えるんだ。
　窓の外を見ると、部活動中のサッカー部員の姿が見える。
「あの……」
「ん？」
　ずっと心配したように見つめてくれる湊先輩のほうに、視線を移す。
　瞬きをすれば溢れてしまいそうな涙を必死に我慢して、口を開いた。
「こ、怖かった……です……っ」
　違う、こんなことが言いたいんじゃない。
　ありがとうございますって、言いたかったのに……どうして、こんなこと言っちゃったんだろう。
　湊先輩だって、きっと困るに決まってる。
　そう、思ったときだった。

……っ！
　そっと、温かい手に両手を握られた。
　湊先輩の大きな手が、情けなく震えている私の手をすっぽりと包み込んでくれる。
「遅くなってごめん……もう、大丈夫だから」
　ごめん……なんて、湊先輩が謝る理由、１つもないのに。
　むしろ、助けに来てくれてすっごく嬉しかった。
「ごめん、俺も怖い？」
　申しわけなさそうに眉の端を下げ、手を離そうとした湊先輩。
　その手を引き戻すように、ぎゅっと握り返す。
　やだ……離さないで、ほしい。
「もう少し、このままで……いてほしい、です」
　湊先輩の手……すごく安心するから。
　私の言葉に、湊先輩は目を見開いて、それから嬉しそうに笑った。
　その無邪気な笑顔に、さっきまでの恐怖心が和らいでいく。
「莉子、ここ座って」
　湊先輩が、近くにあった椅子に座るように言った。
　こくりと頷いて、お言葉に甘えさせてもらう。
　手を繋いだまま、湊先輩は私の前にしゃがんだ。
「あいつ、同じ委員の男？」
　眉をひそめながら、確認するように聞いてくる湊先輩。
「はい……」

兼山先輩とは、月に３回は保健室の担当が被っている。
　いつも優しくて紳士的な人だと思っていたけど……。
　次に会うのが、怖い……。
　どうして、あんなふうになっちゃったんだろう。
　さっきのことを思い出して、再び恐怖心が芽生えた。
「そっか。じゃあもう委員会で会わないようにさせとくから、安心して」
　……え？
　さらりと言ったその言葉に、目が点になる。
「でも、そんなこと……」
　同じ委員会なのに、会わないようにって……普通に考えて無理だよね……？
「保健委員の代表のヤツ知ってるから、俺から言っとく」
　あ……そっか。
　湊先輩、生徒会長だから……。
「ありがとうございます」
　正直、もう兼山先輩に会うのは怖いから、すごくありがたい。
「すごいですね、会長って……」
　私１人じゃ、どうにもできなかった。
　湊先輩が握る手にぎゅっと力を込めたのがわかった。
「今初めて会長になってよかったって思った。面倒だけど、莉子の役に立てるならその甲斐があったって思う」
　そう言って、安心したように優しく微笑む湊先輩。
　湊先輩が私に向けてくれる愛情の大きさを感じて、どき

01＊突然の告白。 >> 61

りと胸が音を立てる。
　この人はどうして……こんなにもまっすぐ、私を見てくれるんだろう。
　こんなふうに想われて、嬉しくないわけがない。
　嬉しくて、恥ずかしくて、でもどう返事をしていいかわからなくて、視線を下げてしまった。
「こんなこと、よくあるの？」
　私の顔を覗き込んだ湊先輩に、今度は首を左右に振る。
「いえ……初めてです」
「……そっか。これからは、なんかあったらいつでも俺に言って。莉子のこと、絶対守るから」
　……っ。
「莉子可愛いから……心配」
　湊先輩は、どうしてそんな甘い言葉をさらりと言えるんだろう。
　言われる私は、こんなに胸がドキドキして、仕方ないのにっ……。
　２人きりの静かな保健室。
　私の心臓の音は、湊先輩に聞こえているんじゃないかって心配になる程うるさい。
　治まって……！　と心の中で願ったとき、あることに気づいた。
　そういえば、湊先輩部活のジャージ着てる……！
「あの……部活中でしたよね？」
　もしかしなくても、部活中に抜けて助けに来てくれたん

だ……！
　少なくとも、湊先輩がここに来て20分くらいは経っている。
　早く戻らなきゃいけないだろうと思い、手を離そうとしたけれど、少し強い力でそれを止められた。
「別に平気だって。莉子が落ち着くまでここにいる」
　真剣な目で私を見ながら、湊先輩は片方の手で頭を優しく撫でてきた。
「好きな子が怯(おび)えてんのに、放っておけない」
「……っ!!」
　どこまでも、優しすぎる。
　湊先輩のおかげで、さっきまであった恐怖心はもうない。
　今あるのはただ、湊先輩がくれた安心感だけ。
「もう平気です。湊先輩が来てくれたから、元気になりました」
「ほんとに？」
「はいっ」
　心配そうに聞き返してくる湊先輩に、笑顔を向ける。
「……わかった。それじゃあ部活終わったら迎えにくる」
「あんまり男と２人きりにならないことと、カーテンはちゃんと開けといて」と念を押すように言われ、自然と笑みが零れる。
　この人のそばは、すごく心地がいいなと素直に思った。
「湊先輩……あの」
「ん？　どうした？」

「ありがとうございます」
　言いたかった言葉を口にして、とびきりの笑顔を渡した。
　助けてくれて、安心させてくれて……私のことを、こんなに想ってくれて、ありがとうございます。
「部活頑張ってくださいっ!」
　笑顔のままそう続けると、湊先輩はなぜか私を見たままぼーっと固まった。
　あ、あれ?
　心配していると、ハッと目を見開いて、我に返る湊先輩。
　その顔は、赤く染まっていた。
「うん。超(ちょう)頑張る。またあとで」
　顔を隠すように俯きながら、湊先輩は保健室を出ていってしまった。
　今の、照れてたのかな……?
　湊先輩って……かっこいいだけじゃなくて、可愛いかもしれない。
　知らなかった一面を知るたびに、湊先輩に惹(ひ)かれている自分がいる。
　この好きが恋愛感情なのかはまだわからないけど、間違いなく私は、湊先輩のことを好きになっていると思った。
「早く、6時にならないかな……」
　今別れたばっかりなのに、もう会いたいなんて……。
　……私、変だなぁ。

「お待たせー」

「……っ！」
　び、びっくりした……！
　保健室の扉が開き、先生が戻ってきた。
「あれ？　兼山くんはもう帰ったの？」
「は、はい……！」
　今は聞きたくない名前だったけど、先生にはバレたくなかったから、コクコクと首を縦に振る。
　「そう」と納得したあと、先生はなぜか私の顔をまじまじと見てきた。
　……ん？　なんだろう……？
「莉子ちゃん、何かあった？」
「え……？」
「顔が真っ赤よ？　もしかして熱でもあるんじゃ……」
　先生の言葉に、ビクッとあからさまに反応してしまった。
　う、うそ……。赤くなってる……？
「だ、大丈夫です！」
「そーぉ？　ならいいんだけど……」
　それ以上追及してこなかった先生に、ホッと胸を撫で下ろした。
　あぁもう……。なんだか調子が狂いっぱなしだな……。

　壁にかかっている時計を見ると、ちょうど長い針がまっすぐに12を指した。
　6時だ。さ、片付けよう。
　湊先輩も部活が6時に終わるって言っていたから、30

分後くらいには迎えに来てくれるだろう。
　10分ほどで片付けを終え、何をして待っていようかと思ったとき。
　——ガラガラッ。
「お待たせ」
　保健室のドアが開いて、制服に着替えた湊先輩が入ってきた。
　あれ？
「莉子？　どうした？」
「あ、いえ……。思ったより早くて、びっくりしました」
　部活って、片付けとか着替えとかで時間がかかりそうだから、もう少しかかると思っていたのに……。
　私の言葉に、湊先輩は子供のように無邪気な笑顔を浮かべた。
「うん。急いで来た」
　その表情と言い方がとても可愛くて、胸がキュンっと高鳴ってしまう。
　……ずるい。
　私今日、湊先輩にドキドキさせられっぱなしだ……。
「あら？　莉子ちゃんお迎えなんて珍しいわね」
　奥にいた先生が、湊先輩の姿を見て一瞬目を見開いた。
「ふふっ、やだもー、青春ね！」
「せ、先生……！」
「ふふっ、気をつけて帰るのよっ」
「は、はい……」

からかわれたことで頬が熱くなり、湊先輩を見ることができない。
「帰ろ」
　そっと手を握られ、こくりと頷いた。
「はいっ……！」
　「さようなら」と挨拶をして保健室を出て、そのまま２人で学校をあとにした。
　正門を出たとき、ちょうど湊先輩のスマホから着信を知らせる音が鳴った。
　湊先輩は、画面を見て面倒くさそうにため息をつく。
「……はぁ、ちょっとごめん。電話出ていい？」
「はいっ」
　そんな嫌そうな顔して、誰からなんだろう？
『おい瀬名!!　お前今どこだよ!!　今日レギュラーでカラオケ行くっつったろ!!』
　音量を大きくしていたのか、はたまた電話の相手の声が大きいのか、私にまで聞こえてきたその声。
　湊先輩は慌てて音量を下げ、鬱陶しそうな表情をしながらスマホを耳に当てた。
「先輩声デカイです。ていうか、うるさいです。俺行かないって言いましたよね？」
　部活の先輩かな……？
　会話の内容から、そう察する。
　はっきりと会話の内容は聞こえなくなったけど、それでも何か怒っているような声が所々漏れていた。

「今日は大事な用事があるんで。お疲(つか)れ様です」
 それだけ言って、ピッと通話を切ってしまった湊先輩。
 そのまま電源を落とし、スマホをポケットにしまった。
 だ、大丈夫なのかな……?
「あの……よかったんですか? カラオケって……」
 部活の先輩からの誘いって、断ったらダメなんじゃないのかな……。
 体育会系って、上下関係が厳しいって聞くし……。
「先輩のお誘いだったら、行ったほうがいいんじゃないですか……? 私、1人で帰——」
「いや」
 え?
「俺は莉子と帰りたい」
 きっぱりとそう言われ、言葉を呑む。
「莉子との時間邪魔されんのは、先輩でも許さない。俺にとっては莉子が一番大事」
 子供みたいに口をへの字に曲げた湊先輩が可愛くて、何も言えなくなった。
「今日も莉子と一緒に帰るために、部活頑張ったし」
 もう、ほんとに、ほんとにずるい……。
 顔が熱くて、上げられない……っ。
「莉子? どうしたの?」
 俯いた私を心配して、覗こうと顔を近づけてくる湊先輩。
 覗かれては困ると慌てて距離を取り、手で顔を隠した。
「な、なんでもないです……!」

こんな情けない顔、見ないで。
　不思議そうにしながらも、それ以上湊先輩が追及してこなかったことにホッとする。
　心臓は、相変わらず私の言うことを聞いてはくれず、ドキドキと騒がしく高鳴っていた。

「莉子が応援してくれるなら、俺絶対勝つ」

　湊先輩とお友達期間を始めて、早半月が経った。

　週に３回、月・水・金は一緒に帰り、毎日連絡も取り合っている。

　少しずつ湊先輩のこともわかってきて、そばにいるのが楽しいと感じ始めている自分がいた。

　そんな、湊先輩、紗奈ちゃん、朝日先輩でお昼ご飯を食べるのが当たり前になりつつあったある日のこと。

「明後日試合あるんだけど、２人とも見に来ない？」

　朝日先輩の唐突(とうとつ)な提案に、お箸(はし)を持つ手を止めた。

　試合……？

「それって、サッカー部のですか……!?」

　私が聞きたかった質問を、紗奈ちゃんが真っ先に聞いてくれる。

「そうそう。初戦なんだけどさ、よかったら来てよ」

　「女の子がいたほうが、やる気出るし」と言って、にっこりと笑った朝日先輩。

　試合、かぁ……。

　湊先輩がサッカーしているところ、そういえば一度も見たことない気がする。

　……見てみたいな。

「私たちが行っても、いいんですか？」

「もちろん。だから誘ってるんだし！　湊、超うまいよ〜」

「へえー、そうなんですか？」
「うん、うちのエース。一応公立じゃ強豪校なんだけど、こいつは１年で異例のレギュラー抜擢だったから」
　異例のレギュラー……。す、すごい……！
「朝日先輩もレギュラーですよね！」
　隣で一緒に聞いていた紗奈ちゃんが、目を輝かせている。
「ま、俺は２年からだけど。莉子ちゃんが来てくれたら湊も喜ぶよ。な、湊！」
　同意を求めるように湊先輩の肩を叩いた朝日先輩。
　だけど、湊先輩はどこか浮かない顔をしていた。
　湊先輩は、迷惑……なのかな……？
「……会場、男ばっかりだからな……」
　……え？
　ポツリと呟いて、考えるように黙り込んだ湊先輩。
「お前、心狭すぎかよ」
　朝日先輩が、呆れたような表情で湊先輩を見ている。
　……な、なんの話？
　隣にいる紗奈ちゃんも、くすくすと笑っていて、どうやらわかっていないのは私だけらしい。
「莉子なんか、絶対絡まれるだろ」
「いや、俺らの応援席で見てもらえばいいじゃん」
「それはそれで先輩たちがうざい」
「お前な……」
「……でも」
　湊先輩は言いかけて、私のほうを見た。

「莉子が応援に来てくれたら嬉しい」
　……っ。
「莉子が応援してくれるなら、俺、絶対勝つ」
　ふわりと甘い笑みを浮かべる湊先輩に、胸が高鳴るのは相変わらずだった。
「うわ？　あっま」
　朝日先輩は「おぇ」とはくようなジェスチャーをし、引き気味の表情。
　邪魔じゃないなら……応援に行っても、いいのかな？
「えっと……ぜひ、行きたいです」
　そう言うと笑顔の湊先輩に優しく頭を撫でられた。
「うん。来て」
　ぅ……かっこいい……。
「は、はい！　よろしくお願いします!!」
　そう言うと、私と湊先輩のやり取りを見ていた朝日先輩が、ガッツポーズをして言った。
「ほんと？　やった！　じゃあ湊の気が変わらないうちにスタジアムの位置情報送るね？」
　私と紗奈ちゃんの２人で応援しに行くことが決まり、なんだかワクワクしてきた。
　そういえばサッカーの試合を生で見るのって、初めてかもしれない……！
　サッカーのルールは全然知らないけど、明後日までに勉強しておこう……！
　せっかく見に行くなら、ちゃんとルールを知ったうえで

湊先輩のことを応援したい。
「紗奈ちゃんこの場所わかる？」
「はい！　1回行ったことあります！」
「お、頼もしーね。それじゃあ現地集合でよろしくね」
「はい！」
「莉子は俺が家まで迎えに行く」
　順調に明後日の予定を決めていくなか、湊先輩のひと言で朝日先輩が顔をしかめた。
「お前なー、レギュラーは集団行動だろーが」
「別に俺らも現地集合で問題ないだろ」
「大ありだっつーの！　マジで莉子ちゃんのことになると、こいつほんと面倒くさい！　もう嫌……」
　本当にお手上げの様子で、うんざりしている朝日先輩。
「あ、あの、私ちゃんと現地まで行けます！」
　さすがに迎えに来てもらうなんて申しわけないし、そこまで遠くもないから大丈夫だ。
　でも、湊先輩は不満らしく、少しだけ口の端を下げる。
「もし来る途中で変なヤツに絡まれたりしたら危ないだろ。心配で無理。迎えに行く」
　え、ええっ……。
　心配してくれるのは嬉しいけど、そんな心配いらないのに……！
「瀬名先輩！　莉子はあたしが守ります!!」
　ビシッと手を挙げた紗奈ちゃんに賛同するよう、私も首を何度も縦に振った。

「……じゃあ、なんかあったら絶対俺に連絡して」
「はいっ」
　渋々といった様子で納得してくれた湊先輩に、ホッと胸を撫で下ろす。
　ひとまず、丸く収まってよかった……。
「紗奈ちゃんありがと！　助かった！」
　朝日先輩が嬉しそうに、紗奈ちゃんへ笑顔を向けた。
「あ、朝日先輩のお役に立てるなら本望です……!!」
　目を輝かせて朝日先輩を見つめる紗奈ちゃんの姿に、私も頬を緩ませる。
　紗奈ちゃんの恋も、現在進行形だ。

　日曜日当日。
　私と紗奈ちゃんは、朝早くから私の家で支度をしていた。
「んー、最高の出来映え!!」
　私の全身を舐め回すように見つめて、深々と頷く紗奈ちゃん。
　私も、鏡に映る自分を見て、目を輝かせた。
　昨日、2人で服を買いに行って、選んだワンピース。
　紗奈ちゃんがそれに似合うよう髪型をセットしてくれて、メイクもしてくれた。
　顔は相変わらず変えようがないけど、すごい……。馬子にも衣装ってこのことだ。
　鏡の中の自分はいつもと違って華やかに見える。
「紗奈ちゃんありがとうっ」

「まあ元がいいからね。やりがいがあったわ」
　えっへんと鼻を高くする紗奈ちゃんに、感謝の気持ちでいっぱいになる。
　すごいなぁ……。私もこんなふうに、いろんな髪型ができるようになりたい！
「これで瀬名先輩も、更にメロッメロになること間違いなしね!!」
「なっ……ならないよ」
「ふふっ、照れちゃって。あたしも今日は、肌色多めで頑張っちゃう!!」
　そう言う紗奈ちゃんは、露出多めの格好で、髪もきっちり巻いている。
　どうやら、朝日先輩は大人っぽい人が好き、という情報を入手したみたい。
　紗奈ちゃん頑張ってるなぁ……ふふっ、可愛い。
　でも……。
「紗奈ちゃんの格好、ちょっと寒くない？　平気？」
　今日は気温が低いし、少し心配。
「へーきよ、へーき！　ちょっとでも朝日先輩にインパクトと好印象を与えなきゃ……!!」
　ガッツポーズをし、「これは神がくれたビッグイベントなの!!」と意気込んでいる紗奈ちゃん。
「さ！　行くわよ！」
「う、うん！」
　ちょっと心配だけど、紗奈ちゃん、すっごく気合い入っ

ているから、応援しようっ。
　昨日も必死にお洋服選んでたし、ほんとに朝日先輩のこと、大好きなんだなぁ……。
　大好きな紗奈ちゃんの恋が、報われてほしい。
　そう思うけど、私は未だに、朝日先輩についてよく知らないままだった。
　朝日先輩は謎なイメージが強くて、なんていうか……。秘密主義のようなところがあると思っている。
　紗奈ちゃん的には、そういうところも魅力の１つなんだろうけど、私はちょっぴり心配だ。
　いい人だとは思うけど……。朝日先輩は紗奈ちゃんのこと、どう思っているんだろう？
「莉子、そのカバン何？」
　そんなことを考えていると、紗奈ちゃんが私のカバンを指さしてそう聞いてきた。
「サッカー部への差し入れと……湊先輩にお弁当」
　今朝、早く起きて作った。
　湊先輩はいつも菓子パンを食べているから、パンが好きなのかなと思っていたけど……。
『莉子の弁当、いつも美味そう』
『え？　ほんとですか？』
『毎日作ってくれるとか、いいお母さんだな』
『えっと、お弁当は自分で作ってるんです』
『そうなの？　自分で？』
『はい。両親が共働きなので、朝３人分作ってます』

『すごいな。こんな美味そーなの自分で作れるとか……。俺は破滅的に料理できないから』
　なんだか、少しお弁当に憧れているような言い方に聞こえた。
　だからつい作っちゃったけど、お弁当渡すなんてちょっと重たいかな……？
「へぇー！　いいじゃない！　先輩絶対喜ぶよ！」
　紗奈ちゃんの言葉に、「そうかな？」と返事をする。
　喜んでくれると、いいけど……。
「あたしも無難にレモンの蜂蜜漬け作ってきた！」
「朝日先輩、喜んでくれるといいねっ」
「ふふっ、うん！　あ！　見えたよスタジアム！」
　前方を見ると、視界に入ったドーム型のスタジアム。
「へぇ？　広いんだね……！」
　こんなところで試合するんだ……！
「莉子行くわよ！　いざ、戦場へ！！」
　私たちにとっては戦場じゃないけど……。と、苦笑いを浮かべながらも、「うん！」と首を縦に振った。

「ここで合ってるはずなんだけどな……。先に差し入れ渡したいけど、先輩たちどこにいるのかな？」
　スタジアムの中に入ると、試合に出る学校の選手や関係者で溢れていた。
　今日はたくさん試合があるのかな……？
　この中から先輩たちを見つけるなんて、無謀な気がして

きた……。
　そう思ったとき、ポケットの中のスマホが震えた。
「あっ、湊先輩から!」
　画面に映る、【湊先輩】の文字。
　私はスマホを操作して、慌ててメッセージを開いた。
【莉子今どこ?】
「瀬名先輩、なんて?」
　紗奈ちゃんが急(せ)かすように聞いてくる。
「今どこ?　だって!」
　ぽちぽちと文字を打って、返事を返す。
「今着きました……入り口のところに、います……っと」
　すぐに既読がつき、秒で届く返信。
【待ってて。迎えに行く】
　なんだか申しわけないな……。でも、迷子になりかけていたからよかった……。
「紗奈ちゃん!　湊先輩迎えに来てくれるって……!」
　すぐに紗奈ちゃんに報告すると、紗奈ちゃんもひと安心したのかホッと息をついた。
「さすが。多分一瞬で来てくれるよ」
　一瞬?
　どういう意味?
「……ほら」
　理由を聞こうと思ったのもつかの間、紗奈ちゃんが私の後ろを見てニヤリと笑った。
　慌てて振り返ると、そこにはダッシュでこっちに向かっ

てくる湊先輩の姿。
　その後ろを、朝日先輩が追いかけてくる。
「おーい！　莉子ちゃん紗奈ちゃーん！」
　笑顔で手を振っている朝日先輩に、ぺこりとお辞儀した。
「莉子……よかった。無事そうで」
　まるで危険地帯から生還した人を見るような目で私を見て、ホッとした様子の湊先輩。
　家から来るだけだったんだけど、どうやらすごく心配をかけてしまったらしい。
　湊先輩って、もしかして過保護、なのかな……？
　そう疑問に思ったとき、何やら湊先輩が私のほうを見て、少し驚いた表情をしている。
　……？
「……私服、初めて見た」
　あっ……服装……。
「へ、変ですか……？」
「ううん、すごい似合ってる。可愛すぎてびっくりした」
　……っ。
　相変わらずの直球すぎる言葉に、顔に熱が集まるのがわかった。
　お世辞だろうけど、それでも、湊先輩に可愛いって言われて、嫌な気はしない。
　おしゃれしてきて、よかった……。
「湊先輩のユニフォーム姿も、かっこいいです」
「ほんと？」

「はいっ」
「莉子に言われるとすっげー嬉しい」
　本当に嬉しそうに笑う湊先輩に、キュンッと胸が高鳴る。
「はいはい、そこいちゃつかない!!　俺らの応援席に案内するね」
　なっ……!　いちゃついてなんかないのに……!!
　朝日先輩の言葉に更に顔を赤くしながら、慌ててついて行く。
「富里、ありがとう。莉子のこと守ってくれて」
　隣を歩く湊先輩が、紗奈ちゃんにそう声をかける。
「先輩、ほんとに過保護ですね」
「莉子は可愛いから、心配なんだよ」
　……っ、ま、また……!!
　いつも思うけど、湊先輩は目がおかしいのかな……？
　私なんかにいつも、可愛いって……。嬉しいけど、恥ずかしい。
「そういえば湊、紗奈ちゃんとも普通に話せるようになったんだな！」
　朝日先輩が湊先輩にそう言うなり、すかさず紗奈ちゃんが口を開いた。
「それあたしも思いました!!　前は女だから若干苦手そうな雰囲気出てましたけど！」
　あ……確かに。
　最初は少しよそよそしかったけど、最近は普通に話している気がする……！

「ああ、富里は性格がサバサバしてて男っぽいし、莉子の友達だから平気」
「あ……ちょっと傷つきました」
「褒(ほ)めたつもりだったんだけど」
　何気ない話をしながら、4人で笑い合う。
「湊デリカシーなさすぎ。紗奈ちゃんかわいそうだろ」
「お前だけには言われたくない」
　なんていうか、別に同じクラスでも同じ学年でもないのに、このメンバーでいるのが、すごく楽しい。
　いつまでもこんな日々が続けばいいのにな……。
　そう、密かに願った。

「頼むから、俺のこと好きになって……」

【side 湊】

　正直、莉子が試合を見にくることに、賛成ではなかった。
　来てくれるのはもちろん嬉しい。
　でも……。
　嫌だったんだ。
「なぁ見ろよ、あの子」
「ヤバくない？　可愛すぎだろ！」
「なんかのモデル？　今年の応援マネージャー候補？」
　俺たちが応援席へ向かう最中。四方八方から感じる視線に、苛立ちは増すばかりだった。
　やっぱり……莉子が来たら、必然的に男の視線が集まる。
　これが嫌だったのに……他の男に、莉子を見られたくなかった。
　なんて……。まだ彼女でもないのに、どんなわがままな嫉妬だよ。
「……湊先輩？　どうかしたんですか？」
「え？」
「なんだか……。怖い顔してます……！」
　俺のほうを見ながら、悲しそうにそう言う莉子。
　俺は慌てて、莉子にしか見せない笑顔を浮かべた。
「ごめん、考え事してた。なんでもないから大丈夫」

莉子を怖がらせたら本末転倒だ。

とりあえず、このうざったい視線はできるだけ俺が遮断しよう。

ていうか……。注目の的になるのも無理はない。

ただでさえ可愛いのに、今日は私服に加えて、うっすら化粧もしている。

髪も可愛らしく括り、いつも以上の可愛さだった。

俺の、唯一の人。

好きで好きでたまらない、たった1人の女。

こんなふうに試合を見に来てもらえる関係になれたことが、正直今でも夢みたいだった。

「莉子、ここで見てて」
「はいっ……」

俺たちのチームが待機する応援席へとついて、莉子を俺の席の隣に座らせる。

他の部員はスタジアムの売店に行ったり、休憩に入っているようで、幸い今は俺たちの4人だけ。

前の席に座った朝日と、その隣に座った富里が楽しそうに話していて、俺も莉子とゆっくりできる時間を噛みしめようと思い椅子に座った。

「今日の試合、1時までには終わるから」

初戦とそれを勝ちあがったら2回戦目、負けることはないだろうから、今日は合計2試合ある。

帰りに、4人で遅めの昼飯を食べに行く予定。

試合まで、あと50分くらいか……。
「莉子、はい」
　さっき買っておいた苺ミルクを莉子に渡す。
「わっ……ありがとうございます！」
「どういたしまして。俺もちょっと飯食っていい？」
　カバンの中から、莉子の苺ミルクと一緒に買ったパンを取り出す。
「湊先輩、それ朝ごはんですか？」
「うん。朝食べる時間なかったから。今のうちにスタミナつけとこうと思って」
　寝坊したというのは秘密にし、パンの袋を開けようとしたときだった。
「あ、あの……」
「ん？」
　なぜか顔をほんのり赤く染め、手に持った袋を俺に差し出してきた莉子。
「これ……。あの、ありがた迷惑かなって思ったんですけど、よかったら……」
　……え？
　そっと受け取り、袋の中身を見る。
　これ……。
「……弁当？」
　可愛らしい袋に包まれていたのは、弁当箱だった。
「スタミナがつくおかず、たくさん入れましたっ！」
　恥ずかしそうに笑う莉子を、抱きしめたい衝動に襲わ

れた。
　もちろん、必死に我慢したが、喜びは抑(おさ)えられない。
「……すっげー嬉しい」
　莉子が作ってくれたのか……？
　俺のために？
「食べていい？」
　多分今、子供みたいにはしゃいでいる自覚がある。
　でも、そのくらい嬉しくて、感動していた。
　コクコクと首を縦に振った莉子を見て、すぐさま弁当のふたを開ける。
　中は色とりどりの野菜や肉、可愛らしい形をした料理がたくさん入っていて、冷めているはずなのに食欲をそそるいい匂(にお)いが鼻腔(びこう)を刺激(しげき)する。
　一瞬勿体無くて食べたくないという気持ちにすらなったが、ありがたく箸を取った。
　どれから食べようか悩んだ末、肉巻きおにぎりを口に入れた。
「……美味い」
　なんかもう嬉しすぎて、そんな稚拙(ちせつ)な言葉しか出てこなかった。
「こんな美味いもん初めて食った」
　まず、手作りの弁当からして感激しているのに、唸(うな)りそうなほど味も格別。
　箸が止まらなくて、バクバクと食い進めていく。
　うっま……。

莉子は俺の感想にホッとしたのか、胸を撫で下ろしたあと、くすりと控えめに笑った。
「湊先輩、大げさです」
　花が咲くような愛らしい笑顔に、冗談抜きで心臓が貫かれる音が聞こえる。
　……可愛い。
　なんでこんな……可愛いんだ。
「大げさなんかじゃない。ほんとにそのくらい美味しい」
「えへへ、お世辞でも嬉しいです。ありがとうございます」
　ただでさえ骨抜きにされているのに、胃袋まで掴まれて、俺はどうすればいいんだ。
　もう、莉子がいない生活に戻れる気がしない。
　今のこの関係が、焦れったくて仕方なかった。
　友達期間というやつから、一刻も早く抜け出したい。
　日に日に、莉子を知るたびに惚れ直す。
　好きっていう気持ちがデカくなる。
　自分でも、もうどうしようもないくらい好きでたまらないって気持ちなのに、更に好きにさせられる。
　本当は、毎日焦っていた。
　早く俺のものになってほしい、他の男に取られるんじゃないか、やっぱり俺のことを好きにはなれないって正気に戻るんじゃないのか……。
　そんなことばかりを、いつも考えてしまう。
　どうやったら莉子が俺を好きになってくれるのか、もうずっと考えているのに答えが出ない。

他の女なんてどうでもいい。
ていうか、莉子以外いらない。
莉子だけでいいから……。
頼むから、俺のこと好きになって。
そんなことを、毎日願っている。
「……湊先輩？　ぼーっとしてどうしたんですか？」
「……っ、いや、何もない」
「そうですか？」
「弁当ありがとう。全部美味しかった」
　あっという間に空になってしまった弁当箱を見て、残念に思った。
　十分お腹は満たされたけど、もっとずっと食べていたかった。
「全部食べてくれて嬉しいです」
「あのさ」
「……？」
「また……作ってくれる？」
　少しわがままずぎるだろうかとも思ったが、どうしてもこれを最後にしたくなかった。
　恐る恐る聞いた俺に、莉子が満面の笑みを浮かべる。
「はいっ。もちろんです……！」
　……よかった……。
「ありがとう」
　無意識に、頭を撫でようと手を伸ばした。
　そっと触れようとしたとき、

「戻ったぞー!!……って、お前ら!! 何しれっと彼女連れてきてんだよ!!」
　……チッ。
　うるさい人たちが帰ってきて、伸ばした手を引っ込める。
　ぞろぞろと戻ってきた、3年の先輩たち。
「……って、もしかして小森莉子ちゃん……!?」
「うわマジ！　本物じゃん!!」
「湊お前……噂はマジだったのか!!」
　あー……最悪。
　俺たちを見るなり騒ぎだした先輩たちに、ため息が漏れる……。
「俺こんな間近で見るの初めてなんだけど……」
「初めましてー！　俺らサッカー部の先輩です！　いつも湊がお世話になってます！」
　デレデレしながら、莉子に近づく先輩たち。
「え、えっと……。こちらこそ、湊先輩にはいつもお世話になってますっ……」
　返事なんてしなくてもいいのに、莉子は律儀に立ち上がって、先輩たちに頭を下げた。
　ぱぁっと顔を明るくさせて、更にデレデレし始める先輩たち。
「えー！　声めっちゃ可愛いんだけど！」
「湊が落ちるのもわかるわー」
　こうなると思ったから嫌だったんだよ……。
「先輩たち、やめてください」

そう言って、莉子を自分の背中に隠した。
　前の席では、朝日と富里もちょっかいをかけられている。
「朝日の彼女？　めっちゃ綺麗だね？」
「か、彼女じゃないです……！」
「え！　そうなの？　じゃあとで連絡先交換しよーよ！」
「あ……。えぇっと…………」
　１人の先輩がしつこく富里に迫ると、朝日がスッと立ち上がって言った。
「ダーメ。紗奈ちゃんに手出さないでください」
　その顔はいつもと違って、少しだけイラついているのがわかる。
　……ん？
「つーか、紗奈ちゃんさっきから思ってたけど、寒くない？　はい、これ」
　朝日はそう言って、予備のジャージを富里の肩に掛けた。
「これ着てて。寒さと虫除け対策っ……てね」
「虫除け……？」
　……こいつ、もしかして……。
　富里は不思議そうな顔をしているが、俺はなんとなく、この関係図を察してしまった。
「ねぇねぇ、湊のどこがいいの？　超無愛想じゃない？」
　そんなことを考えながら、少し目を離した隙に、後ろから来た先輩に声をかけられていた莉子。
　チッ……どいつもこいつも……。
　俺が止めに入るより先に、莉子が困ったような表情をし

ながら口を開いた。
「えっと……。と、とても……優しいです……」
　……っ、え?
「フゥ〜!!」
　茶化すような声が周辺にあがるが、俺は莉子の発言に、言葉を失っていた。
　そんなふうに……思ってくれていたのか?
「なんだよ!　お前彼女にはデレデレタイプかよ」
「可愛いとこあんじゃん!!」
　先輩たちはうるさいけど……。知られざる莉子の俺への印象を聞いて、感謝してやらなくもない。
　正直無愛想だと自覚していたから、もしうまく伝えられていなかったらどうしようと不安だった。
　莉子には最大限、これでもかってくらい優しくしているつもりだったから、それが伝わっていたんだと内心嬉しくてたまらない。
「なんだよ、バカップルかよ!?」
「先輩、うるさいですよ。そろそろ時間。控え室移りますよ」
「あ、マジだ!」
　俺の言葉に、スタジアムの時計を見て慌てだす先輩たち。
「じゃあ1回戦行くか!　今日キャプテン熱出して欠席らしいから、お前らキャプテンの分まで頑張れよ?」
　さらりと主戦力の欠員を報告してくる先輩たちに頭が痛くなりつつも、空返事をした。
　ほんと、大丈夫かよ、この人たち……。

「1、2年は負けたらパワハラすっからな?」
「卒業までこき使ってやるぞ!」
　……いや、もう手遅れだった。
「……ごめん莉子、バカばっかりで」
　恥さらしもいいとこだと思いながら謝ると、莉子はふにゃっと可愛らしい笑顔を向けてくる。
「優しそうな先輩たちですね」
　……無理、天使すぎる。
　呆れるどころか本心でそう言っていそうな莉子が、本気で天使に見えてしまった。
　俺も重症(じゅうしょう)だと思いながら、こんな今の自分を嫌いじゃないと思っている。
「あっ……。そうだ、これ部活の皆さんに差し入れです! 試合頑張ってください!」
　……え?
　莉子に渡された袋を見ると、そこには幾(いく)つものチョコレートバーが入っていた。
　差し入れ的には、とても嬉しいもので、多分いろいろ調べてくれたんだと思う。
　こんな人たちに差し入れなんていらないのに……。つーかあげたくない。1人で食おうかな……。
　そんなことを、本気で一瞬考えた。
「ありがと。じゃあ行ってくる」
　ぞろぞろと控え室へ移り始めた先輩たちに続き、俺も荷物を持って席を離れる。

「はいっ！　応援してます！」
　その応援１つで、きっと俺はなんでも頑張れると思う。
　莉子の笑顔に癒されながら、応援席をあとにした。

「お、湊それ何？」
　控え室への移動中。
　莉子から貰った袋を見ながら、先輩がそう聞いてきた。
「…………莉子から皆さんに差し入れです」
　言おうか悩んだ末、正直に返事をする。
　すると、その場にいた先輩が、バッと一斉に俺のほうを向いた。
「マジで!!　超気いきくじゃん！」
「羨ましいよな〜。　俺もあんな可愛い彼女がいる人生だったら……」
　莉子のことを褒められて嫌な気はしないけど……。
「先輩たち、莉子に余計なこと言わないでくださいね。ていうか俺の彼女なんで、あんまり近づかないでください」
　……牽制は、しておいたほうがいいだろう。
　まだ彼女ではないけど、横から掻っ攫われたら困る。
　莉子を一番大事にしているのも、一番想っているのも、俺だと言いきれるから……他のヤツには、近づかせない。
「……こ、こえ」
「マジギレじゃん……」
「あいつの逆鱗には触れんなよ、みんな……」
　ボソボソと何か言いながら、まるでヤバいヤツを見るよ

うな目で見てくる先輩たち。
　ムカつくけど、わかってくれたみたいだからもう何も言わない。
「朝日と一緒にいた子も可愛かったな!!　つーか美人?」
「思った!　でも彼女じゃねーんだろ?」
　後ろにいた先輩がそんなことを言い出し、俺は横目で朝日をちらりと見た。
　なんて答えるんだろうと、少し気になったから。
　朝日は、顔にいつもの笑顔を浮かべたまま、薄い唇を開いた。
「今は、ね。でも俺が狙(ねら)ってるんで、手出し禁止っすよ。まあ紗奈ちゃんのこと本気で気に入っちゃったなら、俺も本気で相手しますけど」
　その声色はいつものものとは違って、低く、殺意むき出しの声だった。
　……こいつやっぱり、そうだったのか。
　富里が、朝日をかっこいいと言ってはしゃいでいるのは知っていたが、朝日も富里を恋愛対象として見ていたとは知らなかった。
　つーか、いつからなんだろう。
　そんな呑気(のんき)なことを考えている俺とは反対に、先輩たちが顔を真っ青にしている。
「こ、こえぇ……」
「2年コンビ怖すぎかよ」
　うっせ。

心の中でそう返事をし、隣の朝日に声をかける。
「お前がそうだったとは知らなかった」
　俺の言葉に、朝日はニヤリと笑った。
「まぁね。湊には感謝してるよ。キューピッドだから」
　キューピッドってことは……屋上で昼飯を食べるようになってからってことか。
　つーか……。
「なら、告ればいいだろ。向こうだってお前のこと、あからさまに好きじゃん」
　俺とは違って、脈ありなのに。
「んー。それもそうなんだけど、紗奈ちゃん可愛いからさ。もうちょっといじめたいなって思っちゃって？」
　いつものヘラヘラした顔でそんなことを言うから、若干引いてしまう。
　こいつ……。やっぱり性格がひん曲がってる。
「あんな気が強そうな顔してんのに、俺の前では子鹿みたいになんの。ヤバくない？」
「……わかんねー」
「まあ湊みたいにまっすぐなヤツにはわからないだろうね。俺、性格捻くれてるから」
　自覚しているのか、楽しそうに笑っていた。
　まぁ……別に、朝日と富里がどうなろうが知ったことではないけど。
「莉子の友達なんだから、変なことすんなよ」
　俺と莉子の邪魔だけはすんなよ、と、自分勝手な発言を

した。
　その途端、朝日の表情が一変する。
「しねーよ。超大事にするっつーの」
　これなら……。心配しなくてもよさそうだな。
　こいつは、昔からいつもヘラヘラして愛想よく振る舞っているが、根は真面目なことを、俺は誰よりも知っている。
　一応幼なじみだし、信頼もしている。
　つーか、今日の試合、俺のためみたいな言い方で莉子と富里のこと誘ってたけど……。自分のためかよ。
　こいつも隅に置けないなと思いながら、ふと初戦について気になっていたことを聞く。
「１回戦どこ高だっけ？」
「お前……なめすぎだろ」
　別になめているわけではないけど、他のことが忙しくて１回戦に備えている暇がなかった。
　一応、公立校の中で俺たちの高校は強豪と言われていて、１回戦で負けることはまあない。
　余裕というより、それは自信だった。
　それに、今日の俺には、勝利の女神もついている。
「別にどこでも負けないだろ。今日莉子来てるし」
「確かにそうかもな。俺もかっこ悪いとこは見せられないしな」
「凡ミスすんなよ」
「わかってるっつーの」
　朝日と２人、負けるわけにはいかない試合に、気合いを

入れ直して挑んだ。

「先輩たち、すごいかっこよかったですっ!!」
　2試合を終え、富里が指定したカフェに4人で来ている。
　試合はどちらもストレート勝ちで、内心ホッとしている。
　莉子にかっこ悪いところを見られなくて、本当によかった……。
　興奮が冷めやらぬ様子の富里に、朝日が笑っている。
「ありがと。湊と俺、どっちがかっこよかった？」
「朝日先輩‼」
　いつもは朝日の前でデレデレな富里だが、興奮しているせいか恥じらいもなくそう言いきった。
　それが予想外だったらしく、朝日が一瞬動揺したのがわかる。
「……ありがとう」
　こいつ……。照れてんの？
　朝日が照れている姿がレアすぎて、飲んでいたコーヒーを吹き出しそうになった。
　莉子はというと……。楽しそうにニコニコと俺たちを見ている。
　その姿が、言わずもがな可愛い。
「でも……。サッカーの公式試合って初めて見たんですけど、すごく楽しかったです……！」
　そう言って笑う莉子の周りに、花が舞う幻覚すら見えた。
　よかった、楽しんでくれたみたいで。

「ルールわかった？　事前に説明しとけばよかったな」
「大丈夫です。今日のために勉強しました」
　え？
　サッカーはわからないと、この前言っていたのに、今日のためにわざわざ勉強してくれたのか？
　……嬉しい。
　そんな優しいところも好きだと、思わずにはいられなかった。

「じゃあ、また明日」
　昼飯を食べ終えて、解散する。
　家の方向が違うため、途中で俺と莉子、朝日と富里の2人ずつに別れた。
　どうやら、朝日も富里を送っていくらしい。
「バイバイ紗奈ちゃん！」
「湊、莉子ちゃんバイバ〜イ」
「ば、バイバイ莉子……！」
　興奮が冷めて、朝日と2人きりになることに酷く緊張した様子の富里。
　まあうまくやれよと心の中で呟いて、莉子と歩きだす。
「ふふっ、紗奈ちゃんすごく緊張してましたね」
「あの2人、時間の問題だと思うけど」
「え！　湊先輩もそう思いますか？」
「うん」
「だったらよかった……紗奈ちゃん、すごく一生懸命だか

ら……」
　そう言って、嬉しそうに微笑む莉子。
「仲いいんだな」
「はいっ！　知り合ったのは高校からですけど、お姉ちゃんみたいな存在です！　すーっごく優しいです！」
　力説する莉子から、富里を大事に思っていることがひしひしと伝わってきた。
　友達思いなんだな……と、また好きが増える。
　正直どうでもよかったけど、莉子の笑顔のためにも朝日と富里にはうまくいってほしい。
　そんな話をしていたら、あっという間に莉子の家に着いてしまった。
「今日は来てくれてありがとう」
　改めてそう言って、莉子のほうを見る。
「こちらこそ……！　誘ってくれて、ありがとうございました！」
　満面の笑顔に、癒される。
　また明日会えるというのに、別れるのが名残惜しい。
「じゃあまた」と手を振ると、なぜか莉子が、何か言いたげに俺を見上げた。
　無意識の上目遣いにドキッとしつつ、「どうした？」と聞く。
「あの……」
「ん？」
「今日の湊先輩、すっごくかっこよかったです……！」

……っ、え？
　予想外の言葉に、一瞬息をするのも忘れた。
　今、なんて……？
「……あっ、今日だけって意味じゃなくて、いつもかっこいいですけど、今日は特別かっこよかったっていう……あっ！」
　夢のようなセリフをはく莉子だったが、途中自分がどれだけすごい発言をしているのか気づいたらしい。
　顔を真っ赤に染めて、両手で顔を隠した。
　ぷしゅ～っと、今にも湯気が出そうなほど真っ赤になっている。
「あ、あの……今の忘れてくださいっ……！」
　そう言って、玄関の扉まで走っていく莉子。
「し、失礼します……！」
　それだけ言い残して、慌てて家の中へ入っていった。
　１人残された俺は、さっきの莉子の言葉を思い出して、その場にしゃがみ込む。
「……今のは反則だろ……」
　……ヤバい、嬉しすぎる。
　つーか今、絶対顔にやけてるし……。あー、なんでこんな可愛いんだろ……。
　かっこいいとか……。しかも、いつもって……。マジかよ……。
　嬉しすぎて、死にそうだった。
　さっきの莉子の発言が頭から離れないまま、ぼーっとし

ながら家に帰る。
　いつもは閉まっているはずの家の門扉が開いていたのに、とくに気にもとめず家の中に入った。
　あー……。可愛かった、マジで……。
「ただいまくらい言いなよ」
　余韻(よいん)に浸っていると、突然背後から投げかけられた声。
　慌てて振り返ると、そこには久しぶりに見る弟の姿があった。
「……京壱(きょういち)」
　ビビった……。
　やわらかい笑みを浮かべながら、「おかえり」と言ってきたのは、1つ年下の弟、京壱。
「なんでいんの？」
　俺たちは両親が離婚(りこん)し、それぞれ父親、母親に引き取られた。
　親父に引き取られた京壱とはもちろん一緒に住んでいないし、最後に会ったのは、多分半年前くらいだ。
　こいつが家に来るなんて珍しい。
　なんの用だ……？と思いながら京壱を見ると、何やらアルバムのようなものを持っていた。
「ちょっと荷物取りに来てたんだ」
　あっそ……。
　とくに興味もないので、黙ってキッチンに向かう。
「部活？」
「うん」

「お疲れ様」
　他愛もない会話をしながら、冷蔵庫のお茶を取り出し喉を潤す。
「最近母さんどう？」
「どうって……。別に普通。男のとこに転がり込んでんじゃない？」
　基本的に、この家に母親が帰ってくることはない。
　母親の浮気で両親は離婚し、今も相変わらず。
　別に、どうでもいいけど。
　それは紛れもない本心で、寂しいと思ったことはない。
「心配なら連絡してやれよ」
「え？　全然心配じゃないけど？」
　京壱も同じで、本当にどうでもよさそうにそう言う。
　じゃあ聞くなよと思いつつ、お茶の入ったペットボトルを冷蔵庫に戻す。
「……なんか兄さん、雰囲気変わった？」
「え？」
　唐突にそう聞かれ、思わず言葉に詰まった。
　雰囲気……？
「やわらかくなったっていうか……何？　恋でもしてるの？」
　図星を突かれ、ビクッとあからさまに反応してしまう。
　京壱はすぐに察したらしく、目を大きく見開いた。
「……え？　ほんと？」
　いつも冷静な京壱が、本気で驚いている。

でも、それもそのはず……というか、無理もない。
　京壱は俺が女嫌いになった経緯を一番間近で見ていたし、正直、俺自身が自分の変化に驚いているくらいだったから。
「嘘、彼女できたの？」
「まだ付き合ってない」
「えー、びっくり。女嫌い治ったんだ」
「治ってない」
　女は未だに無理。
　本当に嫌いだし、なんなら視界にすら入れたくないって思う。
　でも、莉子だけは別。
　こんなに愛しいものに、この先一生出会えないって思うほど、愛しくてたまらない。
「まさか兄さんに好きな女ができるなんて……ふふっ、おめでと」
　どうやら喜んでくれているのか、嬉しそうに笑った京壱。
　朝日以上に性格が捻じ曲がっているこいつの、こんな顔を見るのは久しぶりで、少し気恥ずかしくなった。
「そういうお前はどうなんだよ」
　話題を変えたくてそう聞くと、スッといつもの意味深な笑顔に戻る京壱。
「んー、まあ相変わらずかな」
　相変わらず……。
　その言葉に含まれた真意にゾッとする。

こいつには、小さいころから想い焦がれている幼なじみの女がいる。
　京壱にとって幼なじみだから俺にとっても幼なじみということになるが、実際俺は１、２回程度しか話したことがないし、昔から女嫌いだったため正直顔も覚えていない。
　ただ……こいつの好意は異常だった。
　一緒に住んでいたときの京壱の部屋を思い出す。
　部屋中に幼なじみの写真を飾って、病気なんじゃないかと疑ったくらいだ。
　とにかく歪んでいるというか……。ある意味ここまで惚れられた相手がかわいそうになるくらい。
「呑気にしてると取られるぞ」
　確か小学校にあがる前から好きだと言っていたのに、高１になった今も付き合っていないらしい。
　こいつ、顔だけは作られたみたいに綺麗だし、父さんの会社の後継ぎになることも決まっている。
　俺が知る限りで、不得意なことなんて１つもないし、欠点があるとすれば、この尋常じゃない執着心くらいだろう……。
　俺の言葉に、一瞬顔から笑顔を消した京壱。
「それはない。予防線は張りまくってるし」
　予防線。それが何を意味しているのかわからないし、知りたくもない。
「それに、乃々に近づくような男がいたら消すから平気」
　"にっこり"と効果音がつきそうなほど胡散くさい笑み

を浮かべた京壱に、我が弟ながらゾッとした。
「……あっそ」
　多分、これ以上聞かないほうがいい。
　知らぬが仏、とはよく言ったものだ。
　昔からとんでもなかったからな……。
　正直、何度かこいつとは血が繋がってないんじゃないかと疑ったことがある。
　そう思うくらい、こいつの、この狂愛じみたところが理解できなかった。
　でも、莉子と出会ってから少しだけわかった気がする。
　莉子に近づく男は片っ端からいなくなればいいと思うし、莉子に向けられる視線にさえ嫉妬してしまう。
　だから、今なら間違いなく言いきれる。
　京壱と俺は、紛れもなく血の繋がった兄弟だ。
「あ、俺このあと乃々と出掛けるからそろそろ帰るよ」
　腕時計を見て、カバンを手に持った京壱。
「ん。お幸せに」
「兄さんこそ。また詳しく聞かせてよ」
　そう言って、笑顔で手を振って出ていった。
　付き合ってはないみたいだけど、実質、付き合っているようなもんなんだろうな……。
　それにしても、相手の子がかわいそう。
　あんなのに好かれて、同情する……。
　そんなことを思っていると、スマホからメッセージの受信を知らせる音が鳴った。

誰だ？と思いながらスマホを開くと、映された【莉子】という文字を見て、慌ててメッセージを開く。
【今日はお疲れ様です！　ゆっくり休んでください】
　そのメッセージ１つで、試合の疲労（ひろう）が全部消えていった。
　可愛らしいスタンプ付きの、莉子からのメッセージ。
「はぁ……」
　メッセージ１つでこんなに浮かれるなんて、莉子に会う前の俺が見たら発狂しそうだな。
【ありがと。莉子もゆっくり休んで】
　そう返事を打って、莉子からのメッセージを何度も読み返す。
　好きだ……もう、その言葉しか出てこないくらい。
　会いたい、顔が見たい、声が聞きたい。
　日に日に、そんな感情が抑えられなくなってきていた。
　本当は、今すぐに会いに行って、抱きしめて、もう一度好きだと伝えたい。
　こんなふうに誰かのことを思ったことがなくて、どうすればいいのかわからない。
　なぁ、そろそろ俺……我慢できそうにない。
　今は莉子に好きになってもらいたくて、必死に優しい男を演じているけど……。
　自分のものにしたくてたまらない。
　莉子は俺のものなんだって、全世界に宣言してやりたい。
　近くにあったベッドに寝転んで、深いため息をついた。
　莉子……。

「頼むから、俺のこと好きになって……」
　1人きりの部屋で、届くはずのない想いを呟いた。

【side 湊 end】

02＊私の好きな人。

「俺が絶対、莉子のこと守るから」

　放課後。
　急いで教室を出ると、廊下で待っていてくれた湊先輩を見つける。
「お待たせしてすみませんっ……」
「全然待ってないから平気。帰ろ」
「はいっ！」
　2人で並んで、廊下を歩く。
　相変わらず周りの生徒の視線は気になるけど、もう慣れつつあった。
　今はテスト1週間前で、部活と委員会活動の免除(めんじょ)期間。
　こんな明るいうちから湊先輩と帰れるのは珍しくて、変な感じがする。
　そういえば、湊先輩っていつ生徒会の仕事をしているんだろう？
　今は免除中だからないだろうけど……。
「湊先輩、生徒会の集まりはいつあるんですか？」
「基本朝。仕事も全部朝してる」
　気になっていることを聞くと、すぐに返事が返ってきた。
「とはいえ、部活の朝練あるし……。会議のときだけは朝練休んで出てるけど」
「大変ですね……」
「全然。でも、テスト期間は部活も生徒会もないし、毎日

莉子と帰れて嬉しい」
　そう言って、爽やかな笑顔を浮かべる湊先輩に、胸がキュンッと高鳴る。
　何度見ても、この笑顔はずるい。
　この笑顔にときめかない女の子なんて、いないんじゃないかなと思う……。
「わ、私も……湊先輩と帰るの、楽しいです！」
　そう本音を伝えると、私を見る湊先輩の目が大きく見開かれた。
「ほんとに？」
「はいっ」
　こくりと頷くと、なぜか私から顔を背ける湊先輩。
　……？　どうしたんだろう？
　心配になって顔を覗こうとしたら、「ダメ」と阻止された。
「ちょっと待って。今俺のほう見ないで。すっげー情けない顔してると思うから」
　……え？
　よく見ると、湊先輩の耳が赤く染まっている。
　先輩……。照れてる……？
　可愛すぎる反応に、またしても胸がキュンッと音を鳴らした。
「あー……。ずっとテスト期間ならいいのに」
　ようやく顔をこちらに向けてくれた湊先輩が、そう言って笑う。
「でも、テスト勉強は好きじゃないです。ふふっ」

私も、そう言って笑顔を返した。
「莉子って頭いいんでしょ？」
「え？　そんなことないですよ？」
「でも学年で10番には入ってるって、富里が言ってたけど」
　さ、紗奈ちゃん、そんなこと言ったの……？
　確かに順位は1桁をキープしているけど、トップ5には入ったことがない。
「万年首席の湊先輩に比べたら、まだまだですよ」
　サッカー部でもエースで、生徒会長もしていて、その上頭もいいなんて……。
「なんでもできる湊先輩はすごいです……！」
　改めて、尊敬するところばかりだ。
「じゃあ、今回も頑張る」
「私も頑張りますっ！」
　2人で見つめ合って、どちらからともなく笑う。
　なんだか、今回のテストはいつもよりやる気が出てきたかもしれない……！
　私も湊先輩と釣り合えるように、頑張ろう！
　……ん？
　釣り合うって……。どうして？
「あのさ……テスト終わったら、どっか行かない？」
「え？」
　そんなことを考えていると、湊先輩からそう提案された。
「最終日の放課後。……遊ぼ」
　遊ぶって……。2人で？

「……はい。ぜひ！」
　そういえば、湊先輩と知り合ってもう1ヶ月くらい経つのに、2人でどこかへ行ったことはない。
　いつも委員会終わりに家に送ってもらうか、紗奈ちゃんと朝日先輩と4人でご飯を食べるかのどちらかだった。
　2人……。これってもしかして……。デートってことだよね？
　どうしよう……。急に、ドキドキしてきた……。
　テストが終わったら、湊先輩とデート……。
　……勉強、頑張ろう。

　放課後は委員会がないといっても、月に何度か3時間目と4時間目の間にある20分休憩に委員の仕事があるため、3限目が終わってすぐ、小会議で席をはずす先生に代わり、保健室で待機していた。
「今日は人来ないなぁ……」
　いつもなら1人2人来るけど、今日はその気配がない。
　そう思っていたとき、保健室の扉が勢いよく開かれた。
「保健委員!!　ちょっと来て!!」
　入ってきたのは女子生徒で、開口一番そう告げてくる。
「え？　どうしたんですか？」
「ケガ人がいるんだけど、足をケガして立ち上がれないって……！　お願い、早く!!」
　え？　立ち上がれないほどのケガ!?
「わ、わかりました……！」

私じゃ力不足かもしれないけど、先生が戻ってくるまで他の委員もいないので、今動けるのは私しかいない。
　救急道具を一式持って、その女子生徒のあとを走って追いかける。
「ここ！」
「はいっ。……って、え？」
　女子生徒に案内された場所に、一瞬不思議に思った。
　体育館倉庫……？
　こんなところでケガしたの？
　でも、もしかしたら器具が倒れてきたとか、そういうことかもしれない……！
　ひとまず言われるがまま中に入って、ケガ人を探す。
　でも、どうやらケガ人らしき人は見当たらない。
「あの、どこにケガした人が？」
　――ガシャンッ!!
　振り向いたときには、扉が大きな音を立てて閉められていた。
　……え？
「バーカ。そんなのいないわよ」
　扉の向こうから聞こえた女子生徒の言葉に、サーッと血の気が引くのを感じた。
「……っ、ま、待って……！」
　どうして、ドア閉めて……？
「あんた最近調子乗りすぎ。1年のくせに、湊くんに近づいてんじゃないわよ!!」

さっきとは、別の人の声。
　……え？　湊……先輩？
「そこでせいぜい反省してなさい」
　どうやら私を閉じ込めたのは3人組らしく、ケラケラと笑う声が聞こえた。
　う、嘘っ……。
「あ、開けてください……！」
　中から、ドンドンと扉を叩く。
　けれども一向に返事はなくて、遠のいていく足音と笑い声だけが聞こえた。
「ど、どうしよう……」
　私、はめられちゃったんだ……。
　"湊くん"って言ってた、あの人たち……。
　もしかして、湊先輩のファンの人……？
　……って、そんなこと考えている場合じゃない。
　助け、呼ばなきゃっ……。
　そう思ってスカートのポケットに手を入れる。
「……っ！　スマホ、カバンに入れっぱなしだ……」
　完全に、外との連絡手段がないことを悟り、私は途方に暮れた。

「どこかから出られないかな……」
　閉じ込められてから、1時間くらいが経ったと思う。
　窓のない真っ暗闇の体育倉庫で1人、だんだん恐怖心が増してくる。

ただでさえ暗いところが苦手で、閉所がダメなのに。
　　せめて昼休みや放課後になれば誰かが来てくれると思っていたけど……。今はテスト前で部活動はないし、今の時期、体育の授業はマラソンの練習で倉庫にある器具は使わないから、ここに来る人もいないことに気がついた。
　　もしかしたら、このまま誰にも気づかれずに夜になってしまうかもしれない……。
　　そんなことを考えたら、怖くて身体が震えだす。
「……っ、やだ……」
　　私、このままどうなっちゃうの……？
「怖いよ……っ」
　　誰か……お願い、助けて。
　　怖い、寂しい……。
　　じわりと涙が溢れてきて、止まらなくなる。
　　お願い。気づいて、誰か助けてっ……!!
「……湊、せんぱい……っ!!」
　　無意識に、その名を口にした。
　　その瞬間。
　　――ドンッ!!
「莉子!!」
　　……え？
　　湊、先輩……？
「いたら返事して!!」
　　ドンドンと、外から扉を叩く音が聞こえる。
　　紛れもない湊先輩の声に、流れていた涙が更に止まらな

くなる。
「せ、んぱい……」
　声が震えていて、うまく出ない。
　こんな声じゃ気づいてもらえないと思ったのに……。
「莉子？」
　私の声が聞こえたのか、聞き返すような湊先輩の声がはっきりと聞こえた。
「湊、せんぱっ……助けて……っ」
　喉の奥から、精いっぱい声を振り絞って助けを求める。
「ちょっと扉から離れて！」
　そう言って少しの静寂が流れたあと……。
　ドカンッ!!
　大きな音が聞こえて、明かりが差した。
　片方のドアが、地面に倒れている。
　足でドアを壊してしまったらしい湊先輩が、私の視界に入った。
「莉子……！」
「せんぱいっ……。湊先ぱ、い……」
　まっすぐに駆け寄ってきてくれる湊先輩に、縋り付くように抱きついた。
　一瞬ビクッと先輩の身体が反応した気がしたけど、お構い無しに強く抱きつく。
　怖かった……っ。
「大丈夫か？　……ごめん。遅くなって……」
　首を左右に振って、返事をした。

湊先輩が来てくれて……よかった。
　見つけてくれて……ありがとうっ……。
「もう大丈夫。怖くないから」
　耳元でそう言って、優しく背中を撫でてくれる先輩。
　震えはまだ治らなかったけど、その行為(こうい)に酷く安心させられる。
　助けてもらうのは、２回目だ。
　保健室のときと、今……。湊先輩はいつだって、私を安心させてくれる。
　いつだって、助けに来てくれる。
「ちょっと待って、みんなに連絡入れる」
　私を抱きしめながら、片方の手でスマホを操作し始めた湊先輩。
「みんな……？」
「冨里から、『莉子がいなくなった』って連絡きたんだ。朝日と３人で探してた」
　連絡を入れ終わったのか、スマホをポケットに戻し、両手で強く抱きしめてきた湊先輩。
「よかった……見つかって……」
　苦しいくらい抱きしめられて……。でもそれが、とても心地よかった。
　本当に心配してくれたんだというのが伝わって、嬉しかった。
「誰に閉じ込められたんだ？」
　抱きしめたままそう聞いてくる湊先輩に、ビクリと肩が

震える。
「言って。じゃないと莉子のこと、守れない」
　苦しそうな声色でそう言われて、私はゆっくりと、覚えていることを話す。
「あの……名前はわからなくて……多分、２年生の……」
　きっと、先輩だったとは思う。
「保健室に来て、ケガ人がいるから来てって言われて……。ついてきたら、こうなっちゃって……」
　よくよく考えれば、私が軽率だったんだ。
　こんなところにケガ人なんているはずがないのに。閉じ込められて、みんなに心配かけて……。
「ごめん、なさいっ……」
　授業中なのに……みんなで私のことを、探してくれてたんだ。
　申しわけなくて、止まりかけていた涙がまた溢れだす。
　湊先輩は、そんな私を変わらず優しく抱きしめてくれた。
「莉子が謝る必要ないだろ。ていうか、もしかしたらこうなったのは俺のせいかもしれない……。ごめん」
　違う……湊先輩が謝る必要なんてない。
　だって、助けてくれた。
　私のこと、ちゃんと見つけてくれた……。
「もうこんなこと、絶対に起きないようにするから。俺が絶対、莉子のこと守るから」
　耳元で告げられたその言葉に、決意のようなものが込められている気がした。

その声と、湊先輩の体温がとても心地よくて、私は先輩の腕の中で、そっと目を閉じた。

「抱きしめても、いい？」

「……んっ……」
　……あ、れ？
　ここ……どこ？
「莉子……!!」
　ゆっくりと広がっていく視界の片隅。
　そこに映った紗奈ちゃんの顔は、安堵の表情を浮かべていた。
「よかった……！」
　状況を把握できず、ゆっくり身体を起こすと、紗奈ちゃんがぎゅうっと抱きついてきた。
「ここは……」
「保健室だよ！　ほんとに見つかってよかった……。莉子、大丈夫だった？」
「あの、私どうして保健室に……」
「莉子、泣き疲れて寝ちゃったんだって!!　それで、湊先輩が連れてきてくれたの!!」
　そ、そうだったの……!?
　どうやら私は、あのあと、湊先輩の腕の中で寝てしまったらしい。
　湊先輩にとんでもないことさせちゃった……。ここまで運ばせるなんて、きっと重かっただろうに……。
　恥ずかしくて、顔に熱が集まる。

そんな私を見ながら、紗奈ちゃんと、その後ろにいる朝日先輩は、ホッとした様子で胸を撫で下ろしていた。

2人の反応からして、とても心配してくれたんだと思う。

「紗奈ちゃん、朝日先輩、心配かけてごめんなさい……」

学校中を探してくれたのかもしれない。

私のために……。たくさん迷惑かけちゃって、申しわけない気持ちでいっぱいになった。

「いいのよ、そんなの!!　莉子が謝ることないんだから!!」

そんな私に、優しい言葉をかけてくれる紗奈ちゃん。

「怖かったでしょ？　湊先輩が先生に事情を説明してくれてるみたいだから、もう少し保健室で休んどきなさい。もう昼休み終わるから、あたしたちは行かなきゃいけないけど……授業終わったら来るからね」

そう言って頭を撫でてくれる紗奈ちゃんに、こくりと頷いた。

「うん……」

紗奈ちゃん……。ありがとう。

改めて、私は素敵な友達に恵まれているなと痛感した。

「あのクソ女ども……。許さない!!」

「紗奈ちゃん、激おこだね」

そんな会話をしながら保健室を出ていった、紗奈ちゃんと朝日先輩。

ふふっ……。ほんとにありがとう、紗奈ちゃん……。

そう心の中で感謝を述べて、私は再び横になった。

ずっと暗闇にいて、急に明るい場所に出て目が疲れたの

か、なんだか頭が痛い。
　痛みを堪えるように額を押さえたとき、シャッとカーテンが開けられた。
「莉子ちゃん、大丈夫？」
「あっ……先生……」
　顔を出したのは、保健の先生。
「すみません、心配かけてしまって……」
　保健委員なのに、先生の仕事を増やしちゃった……。
「いいのよそんなの〜！　莉子ちゃんはほんといい子ねっ」
　笑顔でそう言ってくれる先生に、全然そんなことないのになと思いながら、私も笑顔を返す。
「それにしても、びっくりしたわ〜」
　……ん？
　何がだろう……？
　先生の発言に首を傾げると、なぜかニヤリと口角を上げた先生。
「えっと、瀬名くん、だったかしら？」
　湊先輩？……が、どうかしたのかな？
「すごく焦った顔で莉子ちゃんのことお姫様抱っこして、保健室まで来てねぇ〜、ふふっ……青春って素敵ね！」
「……っ」
　先生の言葉に、顔が急激に熱を持ったのがわかった。
　お姫様抱っこって……絶対他の生徒に見られたに違いないっ……。
　でも、すごく焦った様子だったって……湊先輩、そんな

に心配してくれたのかな……。
「かっこいい彼氏ねっ」
　語尾にハートマークがつきそうな勢いでそう言った先生に、慌てて起き上がって否定する。
「か、彼氏じゃないですっ……」
　……今は、まだ……っ。
「あら？　まだ付き合ってないの？」
　大げさな驚き方をする先生に、逆に私のほうが驚いてしまう。
「ふふっ、恋バナならいつでも聞かせてね！　先生そういうの大好き！」
「も、もう、先生……！」
　からかわないでください……！と言おうと思ったとき、ふらりと貧血のときのような目眩がした。
「あらあら。ほら、横になって」
　先生に促され、おとなしく横にならせてもらう。
　少し楽になって、ふぅ……と息を吐いた。
「まだしんどいでしょう？　体調が戻るまで、ゆっくりしていってね」
「ありがとう、ございます……」
　授業時間に休んでいることに少し罪悪感があるけど、今は先生の言葉に甘えさせてもらうことにした。
　楽になるまで、もう少しだけ休ませてもらおう……。

　キーンコーンカーンコーンというチャイムの音がアラー

ム音となり、目が覚めた。
　5限目が終わったみたいだ。さすがに、次の授業は出なきゃ……。
　まだ少し身体がだるいけど、これ以上休むのは嫌だ。
「莉子ー、大丈夫？」
　起きようと思っていると、紗奈ちゃんの声が保健室に響いて、ベッドを囲むカーテンを少し開けて紗奈ちゃんが顔を出す。
「あ……。紗奈ちゃん」
「休み時間になったから来たわよ。体調どう？」
　そう言って私のベッドに腰掛ける。
「うん、そろそろ教室に戻ろうかなって思って……。心配かけてごめんね」
「だーかーら、謝るの禁止！」
「ふふっ、はーい」
　紗奈ちゃんに会って元気をもらったからか、自然と笑みが零れる。
「そういえば、莉子のこと閉じ込めた女たち、見つかったのよ」
　あの3人が……？
　どうして、わかったんだろう？
「目撃者がいてね。もう瀬名先輩ちょー怖かった……！」
　……え？
「湊先輩が……？」
　どういうこと？

「莉子のこと閉じ込めた女3人呼び出して、『今度莉子に同じようなことしたらただじゃおかない。他のヤツらにも言っとけ』って鬼みたいな顔してキレたの……。女たちもビビりすぎて泣いてたわ」

「そう、なんだ……」

　湊先輩、そんなことまでしてくれたんだ……。

　私のために動いてくれたという事実に、不謹慎かもしれないけれど喜んでしまう。

「愛されてるわね～」

　茶化すような紗奈ちゃんの言葉に、恥ずかしくなった。

「……そう、なのかな？」

　これって、愛されている……の？

　湊先輩が私のことを想ってくれているのは、十分伝わっていたし、実際に言葉やメールで毎日伝えてくれていた。

　だから、もうその気持ちを疑おうなんて思わない。

　だけど……。愛されてるって言われて、はいそうですと言えるほど自分に自信がない。

「莉子はどう思ってるの？」

「え？」

「瀬名先輩のこと」

　突然投げられたそんな質問に、言葉が詰まる。

「……私は……」

　湊先輩のこと……。

「……好き」

　自然と、その言葉が口から零れていた。

うん、そうだ。
　私は……湊先輩が好き。
　湊先輩が想ってくれているように、私だって……。
　もうとっくに、好きになっていたんだと思う。
「え!?」
　大声をあげ、過剰に反応する紗奈ちゃん。
「そ、そんな驚く……？」
「いや、莉子ってば鈍感だから……。まさか自覚してたとは思わなくて……！」
　余程驚いたのか、目をぎょっと見開いている。
　私をまじまじと見ながら、驚いていた紗奈ちゃんは冷静になったのか、ふぅ……と息をついて口を開いた。
「でも端から見たら、ずっと両想いって感じだったわよ」
　そんなふうに、見えてたの……？
　ってことは、湊先輩も、もう気づいているのかな……？
「そっか……」
「フフフフッ、そういうことなら、ちゃんと先輩に言ってあげなさいよ？」
　うっ……そ、そうだよね。
　ちゃんと、言わなきゃダメだよね……。
　私の気持ち……伝えなきゃ。
　湊先輩は、いつだってまっすぐに伝えてくれたんだから。
「先輩、喜ぶと思うよ？」
「そ、そうだといいけど……」
　正直、少し怖い気持ちもある。

湊先輩は私には勿体無いくらいの人で、そんな人に改めて告白するなんて……。
　でも、言いたい。
「テストの最終日にね、遊びに行くの」
　ちゃんと、伝えたい……。
「そのときに……私もちゃんと、伝えようと思う……」
　私の言葉に、紗奈ちゃんはにっこりと笑った。
「いや～！　ついにかぁ！　頑張れ莉子」
「う、うんっ!!」
「あたしも全然脈なしだけど、めげずに頑張るわ!!」
　きっと朝日先輩のことを言っているんだろうと思って、私もガッツポーズを作った。
「紗奈ちゃんのこと、応援してるよ……！」
　お互いに頑張ろう!!と、ぎゅーっとハグをする。
　それがなんだかおかしくて、2人で笑い合った。
　そんなことをしていると、突然カラカラと開かれた保健室の扉。
「莉子、いる？」
　その声は、紛れもなく湊先輩のものだった。
「あらま、ナイトのお迎えね」
　ボソッと私だけに聞こえる声でそう言うなり、立ち上がった紗奈ちゃん。
「莉子ならいますよ！　じゃあ、あたしは失礼します！」
　そう言い残して、保健室を去っていった。
　2人きりという状況に、酷く緊張してしまう。

こっちに近づいてくる湊先輩の足音に合わせて、ドキドキと心臓が高鳴っていた。
「体調どう？」
　カーテンを開けて入るなり、ベッドの脇(わき)に座る湊先輩。
　あ……どうしよう。
「はい、もう、平気です……」
　好きだって自覚したら、湊先輩の顔が……直視できない。
　恥ずかしくて、鏡を見なくとも、自分の顔が赤くなっているのがわかった。
「そっか……。ごめんな、やっぱり俺のせいだった」
　……え？
　どうやら、私を閉じ込めた人たちのことを言っているらしい。
　申しわけなさそうに目を伏(ふ)せた湊先輩に、慌てて否定の言葉を探す。
「謝らないでください。湊先輩は悪くないです……！　理由はどうであれ、見つけてくれたのは湊先輩ですっ……」
　湊先輩が見つけてくれなかったら、今もまだ体育倉庫に１人きりだったと思う。
「湊先輩が来てくれて、すっごく安心しました……」
　だから、そんな顔しないでほしい。
　そう思いを込めて湊先輩を見つめると、ゆっくりと先輩が顔を上げた。
「なぁ莉子」
　まっすぐ見つめられ、どきりと心臓が高鳴る。

な、なんだろう……?
「抱きしめても、いい?」
　……えっ?
　湊先輩の言葉に驚きつつも、こくりと頷く。
　そっと、先輩が手を伸ばしてきて、次の瞬間には先輩の大きな身体にすっぽりと包まれていた。
　どうしよう……心臓が、爆発しそうっ……。
「莉子がいなくなった……って聞いて、冗談じゃなく心臓止まるかと思った」
　……湊先輩?
　苦しそうな声に、私まで胸がしめつけられる。
「無事でよかった……」
　ぎゅうっと、抱きしめる腕に力が込められた。
　それが心地よくて、私も同じように抱きしめ返す。
　あぁ……。好き、だなぁ……。
「あの……湊先輩」
「ん?」
　今すぐ、好きって言いたい……。
　一瞬そんなことを思ったけれど、ハッと我に返る。
　今じゃない……。
　今言ったら、絆されたみたいだから、ちゃんとお互い普通のときに……冷静なときに伝えなきゃ。
　告白する言葉も、ちゃんと考えたい。
　テストが終わった日に、ちゃんと……。
「……いえ、なんでもありません。それより、そろそろ教

室戻りませんか？　授業が……」
　はぐらかすようにそう言うと、時計を見て、湊先輩が抱きしめる腕を解いた。
　寂しいと思ってしまった自分に、恥ずかしくなる。
「それじゃあ教室まで送ってく。行こ」
「はいっ」
　そっと手を差し伸べてくれる湊先輩の手を取って、2人で保健室を出た。

「今日はほんとにごめん」

　キーンコーンカーンコーン。
　テスト終了を知らせるチャイムが、校内に鳴り響く。
「はぁ～終わったぁ……！」
　隣の席の紗奈ちゃんが、そう言ってうんっと伸びをした。
「ようやく解放されたわ……！」
「そ、そうだね……」
　こくりと頷いて返事をするけど、実は、心臓がバクバクだった。
　テストが終わって一段落だけど……。私にとっては、このあとのほうが正直怖い。
「ふふっ、莉子にとってはここからって感じ？」
　片手で口元を覆いながらニヤニヤしている紗奈ちゃんに、私は頬を膨らませた。
「も、もう紗奈ちゃん……！　からかわないで……！」
　ぜ……絶対楽しんでるでしょう……？
「フフフフフ」
　案の定不気味な笑みを浮かべる紗奈ちゃんに、キッと鋭い視線を向けた。
　このあと……湊先輩と、約束のデートに行く。
　このデートで私は、ちゃんと告白すると決めていた。
「頑張ってね！　ま、結果なんてわかってるけど！」
　他人事のようにそう言ってくる紗奈ちゃん。

まだ、何があるかわかんないよっ……。
　もしかしたら、湊先輩の気が変わっちゃって、断られるかもしれないし……。
　……でも、自分の気持ちだけはちゃんと伝えるって決めたんだ。
「が、頑張る……！」
　そう言って、活を入れるために、頬をペチペチと叩いた。
　ＨＲ(ホームルーム)が終わり、急いで帰る支度をする。
　湊先輩、もう待ってるかな……？
「紗奈ちゃん、バイバイ！」
「バイバイ！」
　紗奈ちゃんに手を振って、教室を飛び出した。
　……っ、あ！
「湊先輩……！」
　廊下に出てすぐ、壁に背をつけ待ってくれていた湊先輩を発見。
「お待たせし──」
「ごめん莉子」
「え？」
　急いで駆け寄って「お待たせしました」と言おうとした私の声を、湊先輩が遮った。
　その表情は、どこか焦っていた。
「今日、用事ができたんだ」
　……あ……。そ、そっか。
「……そ、そうなんですね……！」

「ほんとにごめん……。でもデートは絶対にしたいから、別の日に改めて遊ぼう。今日の夜連絡する」
「は、はい」
　残念だけど……。なんだか急用みたいだし、引き止めるわけには行かないよね……。
「それじゃあ、ほんとごめん……バイバイ」
　湊先輩は申しわけなさそうに手を振って、走って行ってしまった。
　……はぁ……。
　告白は延期……かぁ……。
「あら……。先輩用事？」
　1人その場に立ち尽くしていると、教室の中から紗奈ちゃんが顔を出した。
「そうみたい……。はぁ、緊張した……」
「残念ねぇ、せっかく明日ルンルンの瀬名先輩がみられると思ったのに」
　ルンルンって……。
「ま、莉子今日フリーになったってことでしょ？　じゃあ、カラオケでも行かない？」
　え？　カラオケ？
「うん！　行きたい！」
　紗奈ちゃんの誘いに、目を輝かせた。
　テストから解放されて、今はとにかく遊んで帰りたい気分だった。
　私の返事に、紗奈ちゃんはにっこりと笑う。

「よし決まり！　行くわよ!!」
　「おー！」と手を挙げ、私たちは駅前のカラオケ店に向かった。

　紗奈ちゃんと２人で出掛けるのは、久しぶりだった。
　湊先輩と知り合う前は月に２、３回は放課後に寄り道していたけど、最近はまったくなかった。
　１ヶ月以上ぶりの２人だけの放課後の時間は、とても楽しくて、あっという間に過ぎる。
「あー、歌いすぎて喉枯れたわ」
　カラオケでたくさん歌って、店を出ると、紗奈ちゃんが言った。
「ねぇ、なんか食べに行こうよ。お腹ペコペコ」
「そうだね！　私もお腹すいたっ」
　そういえば、近くに紗奈ちゃんの好きそうなカフェができていたはず……！
　うろ覚えの道を辿って歩いていると、少し離れた場所に見覚えのある人がいた。
　……え？
「……あれ？　瀬名先輩……？」
　どうやら紗奈ちゃんも気づいたらしく、２人で湊先輩のいるほうを見る。
　そこで、私は衝撃的な光景を目の当たりにした。
「……っ！」
　せん……ぱい？

隣にいる女の人は、いったい……？
「……うわ……何あれ……」
　紗奈ちゃんも、驚きを隠せない様子で凝視していた。
　湊先輩と……。その隣に、綺麗な大人の女性の姿。
　彼女は湊先輩の腕に自分の腕を絡め、楽しそうに話している。
　湊先輩は無表情だけど、決してその手を離そうとはしなかった。
　ズキンッ。
　心臓が、今まで感じたことのないような痛みに襲われる。
　湊先輩、今日は用事があるって言っていたけど……。
　用事って、他の女の人と、遊ぶことだったの……？
「えっと……莉子？　なんかあれじゃない？　逆ナンでもされてただけだって……」
　私を慰めようとしてくれているのか、紗奈ちゃんがそう言ってくれるけど、あきらかにそうではないとわかる。
　だって、湊先輩の女性嫌いは私も十分知っていたし、普通の女の人が触ろうものなら容赦なく振り払うはずだ。
　だからきっと……。あれは湊先輩も同意の上で、腕を組んでいるんだろう。
「……あんまり気にする必要ないよ……。ほ、ほら、瀬名先輩女嫌いだし！　なんか理由があるんだよ！」
　紗奈ちゃんの慰めも、もう私の耳には届かなかった。
　ダメだ……。
「……ごめん紗奈ちゃん、私……帰る」

……泣き、そう。

　このままここにいたら、情けなく泣いてしまう。

　紗奈ちゃんに迷惑をかける前に、一刻も早くここから逃げ出したかった。

「ちょっと莉子、ほんとに誤解だよ、きっと。なんなら直接先輩に聞いてみようよ？」

「ううん……。ごめん、今日見たことは、瀬名先輩には言わないでほしい」

　真実を確かめるのが怖い……。

「ごめんね……ま、また明日！」

「ちょっ……莉子‼」

　引き止める紗奈ちゃんの声も聞かず、私は逃げるように走った。

　あの湊先輩が、女の人と腕を組んで歩いてた……。

　一直線に家へと帰って、自分の部屋に入る。

「こんなのって、あんまりだ……」

　ドアにもたれかかるように、ズルズルとその場に座り込んだ。

　私、今日告白しようと思っていたのに。

　本当は、緊張で昨日もよく眠れなかった。

　湊先輩にちゃんと伝わるように、告白の言葉もたくさん考えて、必死に悩んで、それなのに……。

　伝えることすらできずに、失恋しちゃったの？

「湊先輩……」

　無意識に、その名を口にしていた。

さっきの光景を思い出して、我慢していた涙が溢れ出す。
　　今頃湊先輩は、あの女の人といるんだ。
　　とっても綺麗な人だった。
　　私とは違って、美人で、大人っぽくて、湊先輩に釣り合うような人だった。
　　お似合いだって……。思っちゃったっ……。
「心臓が、潰れちゃいそぉ……」
　　ズキズキと痛んで仕方がない胸を押さえ、声を押し殺して泣いた。
　　私よりもあの女の人を優先したっていうことは……。そういうことだよね。
　　私はもう、いらないってことで……。
　　もう湊先輩に、近づかない方がいい。
　　きっとそばにいたら、もっともっと好きになっちゃう。
　　今ならまだ、諦められる……。
　　涙をゴシゴシと拭ったとき、ポケットの中のスマホが震えた。
　　紗奈ちゃんかな……？と思って画面を開くと、そこには今一番見たくない人の名前が表示されていた。
【莉子、今日はほんとにごめん。今週の日曜日ってあいてる？】
　　……っ。
　　その湊先輩のメッセージに返事をしないまま、スマホの画面を落とした。
　　お願いだから……。これ以上、私に構わないで。

人を好きになることが、こんなに苦しいなんて、思ってもいなかった。

「頼む……逃げないで」

【side 湊】

　最近、莉子に避けられている。
　気のせいなんかじゃない……。絶対に避けられていると断言できる。
　一昨日のテスト最終日。
　本当は、莉子とデートの約束が入っていた。
　その日のためにテスト勉強を頑張ったと言っても過言ではないほど楽しみにしていたのに。
　つまらない用事が入ってダメになってしまった。
　そのあとからだ……。莉子の様子が変になったのは。
　何度連絡しても、返事はない。電話をかけても出ない。
　挙げ句の果てに、直接莉子の教室に行っても、富里に「今はいません」と追い返される始末。
　昨日は生徒会終わりに迎えに行ったら、すでに帰っていて……仕方がないから、今日の昼休みに話そうと思っていたのに。
「……富里、莉子は？」
　今日もいつも通り屋上に行ったものの、莉子がいない。
「委員会があるそうですよ」
「昼休みに？」
「はい。というか、当分は委員会があるのでお昼は一緒

食べられません、ですって」
　……絶対嘘だ……。
　俺と目を合わせず、黙々と弁当を食べる富里にため息をつく。
　ここまであからさまに避けられて、はいそうですかと引き下がれるか。
「なぁ……何か知らない？」
　恐る恐る、富里にそう問いかける。
「何かとは？」
「莉子に避けられてる気がするんだけど……」
「さぁ？　まったく知りません」
「なんのことでしょうか」と胡散臭さ全開で返事をしてくる富里に、今度はもうため息すら出なかった。
　まずい……。本気でまずい。
　富里の反応からして、多分莉子は俺に何か怒っている。
　多分、避ける理由が俺のほうにあるんだろう。
　でも……。何をした？
　デートの約束を破ったこと……？　いや、でも断ったとき、全然怒った様子じゃなかったしな……。
　考えれば考えるほどわからない。
　食欲も湧かなくて、俺は食べかけのパンを袋に戻した。
「ねーえ紗奈ちゃん、ほんとに知らない？　湊本気で落ち込んでて部活にも影響出てんの。昨日なんて凡ミスのオンパレード。知ってたら教えてくんない？」
　隣に座っていた朝日が、珍しく助け舟を出してくれた。

余計な言葉も入っているが、事実だから否定できない。
　情けないことこの上ないが、莉子に避けられてからというもの、なんにも身が入らない。
　昨日なんて、部活の練習試合中、先輩から戦力外通告を受けてしまった。
　このまま莉子に避けられ続けたら……。
　……そう考えるだけで、恐ろしくてたまらなかった。
　さっきまで無言で食べ続けていた富里が、朝日の声にわかりやすく反応し、顔を上げる。
　こいつ、朝日と俺への態度が違いすぎるだろ。
「えっ……！　朝日先輩のお願いなら……。いっ……いえ！　あたしは莉子の親友ですから!!」
　ハッと我に返り、背筋を伸ばし、再び黙々と食べ始めた富里。
　朝日でもダメとなると……。いったい、どうすればいいのだろう。
　まあでも、富里の口調からして……。
「そんな言い方するってことは、莉子は俺のことを避けてて、かつ理由がちゃんとあるってことか」
「自分の胸に手を当てて聞いてみてください」
「……いや、心当たりがない」
　途方に暮れてしまって、頭をガシガシとかいた。
　富里が、そこまで頑（かたく）なに隠す理由がわからない。
　莉子に口止めされている？
　この２日で、いったい俺は何をした？

……いや、待てよ。
　まさか、単純に俺に会いたくないだけ……？
　でも、会いたくない理由ってなんだ？
　もしかして……。他に、好きな男ができた、とか？
　莉子は優しいから、俺に会うのが気まずくて……。
　ダメだ、やめよう。
　嫌な方向にばかり考えてしまって、抜け出せなくなりそうで、一旦思考を停止させる。
　こんなふうに考えてしまったらキリがない。
　わからないなら……。
「本人に聞くしかない……か」
　俺は１人決心をして、誰にも聞こえないような声でそう呟いた。

　放課後になりHRが終わった瞬間、俺は急いで教室を飛び出した。
　一目散に、莉子の教室へと向かう。
　クソッ……！　担任のどうでもいい話が長すぎた……。
　小さく舌打ちをして、階段を駆けおりる。
　莉子のクラスに着いて急いで莉子を探したけど、その姿は見当たらなかった。
　間に合わなかったか……。
　ていうか、どれだけ俺と会うのが嫌なんだよ……。
　人目も気にせず、頭を抱える。
「あのっ……」

背後から女の声が聞こえて、それが自分に向けられたものだとわかった。
　もちろん返事はせず、頭の中で莉子の行動を予想する。
　今日は委員会はないはず……。だから、保健室には行かないだろう。なら、帰った……？　このまま追いかければ間に合うか……。いや、家に帰ったわけじゃないかもしれない。
　あークソ……。これ以上、莉子に避けられるのは耐えられない。
　もう、莉子に会いたくてどうにかなりそうだった。
「あ、あの！　小森さん探してるんですか？」
　……え？
　さっき無視した声と、同じ声がした。
　普通なら無視をするけど、莉子という名前に反射的に振り返ると、莉子のクラスメイトだと思われる女が3人立っていた。
「……莉子がどこ行ったか、知ってるの？」
「はい！　今日は親が遅くて、代わりに夕ご飯を作るからって言って、家に帰りましたよ……！」
　……よし!!
「……ありがとう。助かった」
　女に助けられたという事実は認めたくないが、莉子が関わることなら感謝せざるを得ない。
　そういうことなら、今から走ればまだ間に合うんじゃないか？

莉子のクラスも、終わったばかりみたいだし……。よし、急ごう。
　無我夢中で、廊下を駆け抜ける。
　冗談抜きで、サッカーの試合以上の力を発揮しているんじゃないかと思うほどの全力疾走だった。
　靴に履き替え校舎を出ると、30メートル程先によく知る小さな背中があった。
　……いた……！
「莉子!!」
　下校時間のため生徒も多く、周りの視線が一斉に俺へと集まる。
　そんなことも気にせず、ビクリと肩を震わせた莉子の元へと全力で走って行く。
　やっと追いついたと思った途端、振り返らずに走り出した莉子。
「……っ、待って!!」
　さすがにサッカー部だし、足で負けるわけがない。
　すぐに追いついて、折れそうなほど細い腕をしっかりと掴んだ。
「頼む……逃げないで」
　俺の手を振り払おうとする莉子にそう言うと、ようやくこっちを見た莉子。
「は、離してください……」
　……っ。
　拒絶の言葉だったのにも関わらず、久しぶりに近くで見

たことと、俺が大好きな声を聞いたことに感極まって、抱きしめてしまいそうになった。
　ここは正門の近くで、大量のギャラリーがいるから、そんなことはしないけど……。
「わかった……なんて、言うわけない」
　今にも泣きそうな莉子をじっと見つめてそう言うと、莉子は困ったように眉の端を下げる。
　可愛い……。じゃ、なくて。
「莉子、どうして俺のこと避けてるの？」
　できる限りの優しい声でそう聞くと、莉子はあからさまにビクリと反応した。
　やっぱり……。避けてたのか。
「お願い、教えて」
「……」
　頑なに口を開こうとしない莉子に、更に拒絶されているようで胸が痛んだ。
　いったい、何が原因？
　俺……莉子のこと、傷つけた？
　何か嫌がることをしたのか？
　それとも……。
　もう俺のこと、嫌いになった？
「莉子に避けられるの……きつい」
　情けないと思いながら、本音を口にした。
　理由があるなら、教えて。
　悪いところがあるなら直す。

莉子に好きになってもらうためなら……。なんだってするから。
　そんな気持ちを込めて、じっと莉子の瞳を見つめる。
「湊先輩……」
　久しぶりに名前を呼ばれた気がした。
「あ、の……」
　観念した様子で、何か言おうとした莉子。
　何を言われるのか不安になり、ごくりと息を呑んだときだった。
「湊ー！」
　正門の向こうから、俺の名前を呼ぶ声が聞こえたのは。
　……は？
　俺のほうへ走ってくる声の主に、開いた口が塞がらない。
「お前……。なんでここにいんの？」
　何しに来たんだよ……。
「なんでって、この前の続きよ!!」
　あっけらかんとそう言って、「車停めてるから早く行きましょう！」と、人目も憚らずに大声を出すそいつ。
　……最悪だ。
　莉子に、こんなところを見られて……。
「この前、十分付き合っただろ。帰れ」
　うんざりして、少しきつい口調でそう言った。
　なのに、しつこく言い寄ってくるそいつ。
「そんなつれないこと言わないでよぉ。お願いだから、付き合って」

あろうことか、俺の腕を掴んできたから、慌てて腕を振り払った。
「離せっ……！」
　触んな……。鬱陶しい。
　そう言って、一歩後ずさったときだった。
　——ぎゅっ。
「……っ、え？」
　莉子が、しがみつくように俺の腕に抱きついてきた。
　突然の行動に、驚いて言葉が出ない。
「り、こ？」
　何、して……？
「……行かないで、せんぱ、い……っ」
　俺の腕に抱きついたまま、縋るようにそう言った莉子。
　無意識だろうが、上目遣いで見つめてくる瞳には、涙が溜まっていた。
「……！」
　可愛すぎて、息が詰まる。
　この状況が理解できないが、心臓を射抜かれたような感覚に襲われた。
　なんだ、これ……。
　行かないでって……。どういう意味だ？
　莉子、なんで泣いて……。
　……って、待てよ。
「ちょっと待って莉子。もしかして……なんか誤解してない？」

行かないでっ……ていうのは、今俺がこいつに誘われたからだよな？
　そうだとするなら……。
「あら？　湊このの可愛い子だーれ？」
　莉子を見ながら、鬱陶しいそいつが聞いてきた。
　悪いけど、今はお前に付き合っている暇はない。
「……とにかく、今日は無理。また別の日に付き合ってやるから、今は帰って」
「えー！　もう！　仕方ないわね！」
　何かを察したのか、そいつは俺の言葉に意外にもあっさり引き下がった。
　「バイバーイ」と手を振りながらそいつが離れていくのを確認し、振り返って莉子の手を優しく握る。
「莉子、ちゃんと話そう」
　莉子が俺を避けていた誤解を解くために。
　俺にもう1回……。チャンスを頂戴(ちょうだい)。

【side 湊 end】

「あー……。また泣く。なんでそんな可愛いの？」

　湊先輩に手を引かれて連れてこられたのは、生徒会室だった。
　先輩は鍵を開けて、私を中に入れると、中央にあるソファに誘導する。
「こっち。座って」
　言われるがまま、恐る恐る座った。
　その隣に、湊先輩も腰をおろす。
　生徒会室なんて、初めて入った……。
　そんなことを考えながら、ちらりと湊先輩のほうを見る。
　すると、まっすぐこちらを見ている瞳と視線が交わって、慌てて目を逸らした。
　どうしよう……気まずい。
　できるなら、今すぐ逃げ出したかった。
　さっきの女の人の姿が脳裏をよぎって、思わずぎゅっと目を瞑る。
　この前、紗奈ちゃんとのカラオケの帰りに街で見かけた人と同じ人だった。
　やっぱり湊先輩は、あの人と……。
「莉子」
　優しい声に名前を呼ばれる。
　でも、今にも泣きそうな情けない顔は見られたくなくて、俯いたまま反応ができない。

返事がない私にしびれをきらしたのか、先輩の手がスッと伸びてきた。
　その手が、優しく私の両頬を包み込んで、クイッと顔を持ち上げられた。
「こっち向いて」
　湊先輩の瞳に、私が映っている。
「みなと、せんぱぃ……」
　今にも消えそうな声で、名前を呼ぶ。
「ん？」
　優しい声と瞳に、もう我慢できなくて、ポロポロと止め処なく溢れ出す涙。
　好き……。やっぱり、大好きっ……。
　湊先輩に会って、もう好きじゃなくなったって言われるのが怖くて、この２日間ずっと避けていた。
　でも、本当は会いたくてたまらなくて、湊先輩に名前を呼んでほしくて仕方がなかった。
　いつもの優しい声に。
『莉子』って。
　私だけを、見ていてほしかった……。
「さっきの人のところに、行っちゃうんですか……？」
「え？」
「また別の日、って言ってたから……」
　さっきの、湊先輩の会話を思い出す。
『また別の日に付き合ってやるから、今は帰って』
　湊先輩が女の人にあんなことを言うってことは、特別な

人に違いない。
「この前も、先輩と、あの人……。見ちゃった……」
　お似合いだと思った自分が嫌だった。
　同時に、それが嫌だと思った心の狭い自分にも嫌気がさした。
　いろんな感情が混ざり合って、ごちゃごちゃになって、もうどうしようもなくて……。
　でも、それでも……。
　湊先輩が好きっていう気持ちだけは、変えられなかった。
「この前って……」
　私の言葉に、なぜか湊先輩は納得したような表情を浮かべる。
「……莉子、あの人が誰だかわかってる？」
「っ、え？」
　先輩の質問に、首を傾げる。
　誰って……。
「誰だと思ってる？」
「……先輩、の……彼女……」
　改めて口に出すと、胸がぎゅっと痛んだ。
　言葉にしたら、本当に認めてしまったみたいで……。苦しくて、たまらない。
　だって、あんな大人っぽくて綺麗な人に……。私なんかが敵うわけがない。
　頭では、そうわかっているのに……。
　心がそれを拒んでいる。

私はきっと、湊先輩のことを諦められないんだ……。
　瞳から次々と溢れる涙を、服の袖でゴシゴシと拭いた。
　───ガシッ。
　……え？
　涙を拭っていた手を、湊先輩に掴まれる。
　先輩はやわらかい笑みを浮かべながら、長い指でそっと、私の涙を拭った。
「莉子、違うから」
「ちが……う？」
　何、が……？
「あの人は……俺の母親」
　母、親……？
「…………へ？」
　湊先輩の言葉に、思わず変な声が漏れる。
　先輩、今なんて言った……？
「さっきの人は、俺の実の母親だよ」
　……う、うそっ……。
「もしかして、それが避けてた原因？　デートの約束破った日に、俺が母親といるところ見て誤解した？」
　半ばパニック状態のなか、図星を突かれ、返答に困る。
「あ……の、あっ……」
　あたふたしている私を見て、先輩は肯定と取ったのか、安堵のため息をついた。
「そういうことだったのか……」
　ま、待って……。

あの人……湊先輩の、お母さんなのっ……!?
「はぁ……。よかった」
　まだ状況がつかめていない私のおでこに、湊先輩がこつんと額をくっつけてくる。
　近すぎる距離に、心臓がどきりと高鳴った。
　目の前の湊先輩の顔は、酷く安心したような表情をしている。
　どうやら、私はとんでもない勘違いをしていたらしい。
「莉子に避けられてる間、嫌な想像ばっかりしてた……」
　湊、先輩……。
　私、1人で勘違いしてたんだ……。
「愛想尽かされたかもとか、他に好きなヤツができたのかもとか……莉子が離れていくこと考えたら、もう、頭おかしくなりそうだった」
　湊先輩を悩ませてしまったことへの罪悪感を覚えながらも、私のことでそんなに悩んでくれた事実が嬉しかった。
　よかった……。湊先輩は、まだ……。
「なぁ……。もう俺のこと、避けたりしない?」
　──私のこと、好きでいてくれているんだっ……。
「は、はいっ……!　ごめん、なさい……」
　何度も首を縦に振って、謝った。
　私……。湊先輩のこと、諦めなくていいんだっ……。
　好きでいても、いいんだ……。
　嬉しくて、止まっていたはずの涙が再び流れ落ちる。
「泣かないで。莉子が戻ってきてくれるなら、もうなんで

もいい」
　湊先輩があやすように頭を撫でてくれる。
「ていうか、俺のほうこそ誤解させてごめん。俺にとっては普通に母親だったから、まさか彼女って誤解されるとは思わなくて……。あの人41だよ？」
　……よ、41歳……？
　普通に20代後半くらいに見えたから、その真実に驚きを隠せなかった。
　なんていうか……。さすが湊先輩のお母さん……。
「全然見えなかったです……」
　そういえば、どことなく顔が似ていたような……？
「ちゃんと伝えておけばよかった。ちょっとさ、嫌だったんだ」
「え？」
「俺の母親ってさ、結構どうしようもない人で……。前にも言ったけど、すごい男にだらしない人なんだ」
　困ったように、微笑んだ湊先輩。
「そんな母親を見られるのが、正直恥ずかしかった。こんな母親に育てられたんだって、思われるんじゃないかと思って……」
　先輩……。
「……そんなこと……」
　スッと涙を拭いて、まっすぐ湊先輩を見つめる。
「きっと湊先輩はたくさん苦しんできたと思うので、私が言える立場じゃないですけど……。親子の形は人それぞれ

ですもんね」
　たとえ、湊先輩がどう思っていたって、私は……。
「でも……。湊先輩を産んでくれた人ですから……。こんな母親だなんて思いません」
　……むしろ、感謝したい。
　湊先輩っていう人を、この世に生かしてくれて。
　どんな人であろうと軽蔑(けいべつ)するわけがない。
「……うん」
　湊先輩は、くしゃっとした笑顔で笑った。
「莉子は……そう言ってくれるんじゃないかって、心のどこかで思ってた」
「……」
「莉子を好きになって、本当によかった」
　そう言って、私の頰に自分の手を添(そ)えた湊先輩。
「俺が見つけた、宝物」
「っ？」
　愛しくてたまらないって瞳で見つめられて……。心臓が痛いほど高鳴る。
　自惚れかもしれないけど、湊先輩の気持ち全部が流れ込んでくるみたいで、嬉しいのに、苦しい。
　好きという感情が溢れてきて、その気持ちに溺(おぼ)れてしまいそうだった。
　宝物……なんて……好きになってよかった……なんて、私のセリフだ。
　私を見つけてくれて……ありがとうっ……。

「あー……。また泣く。なんでそんな可愛いの?」
「かっ……」
　私が恥ずかしくなるような言葉をさらりと言ってのけるところも、相変わらずだ。
　今私の顔は、きっと真っ赤に違いない。
「よかった……。またこうして莉子と一緒にいられて」
　本当に、私もそう思います……。
　またこうやって湊先輩と笑い合える日が戻ってきて、幸せでたまらない。
「もう、勝手に誤解しません……」
　今回は、完全に私に非があったな……。
　今度からは、気になることがあれば、ちゃんと聞こう。
　もうこんな苦しい思いはしたくない……。
「うん、そうして」
　冗談交じりにそう言って、くすっと笑う湊先輩。
「それにしても……。俺に恋人がいるって誤解して避けてたってことは……。少しは意識してくれてるって思っていいの?」
　…………え?
　あ……。そ、そっか。
　私、まだ告白してなかった……!
　てっきり、振られたと思っていたから……。
　先輩の言葉に驚き、何も言えずに固まってしまった。
　そんな私を見て、先輩は何を思ったのか、一瞬悲しそうな表情を見せる。

「冗談。今のは忘れて」
　ま、待って……！
　誤解させちゃった……？
　多分先輩、私を困らせたと思ってる。
　また誤解してすれ違うなんて嫌だっ……。
　焦ったあまり、自分でも突発的な行動に出たと思う。
　湊先輩の身体に、ぎゅうっと強く抱きついた。
「り、こ？」
　動揺を隠しきれないような声が、頭上から降ってくる。
　先輩、聞いてください……。
「私……。デートの約束の日、ちゃんと告白しようって思ってたんですよ……？」
「……っ、は？」
　抱きついているから、表情は見えないけど、声色からして酷く動揺しているのがわかる。
　本当は、今すぐ好きって言いたい。
　でも……。ちゃんとやり直しさせてほしい。
　だって私、いろいろ考えたんだもん……。告白の、言葉。
「あの……。また別の日に、デート……してくれますか？」
　そう言って、湊先輩を見上げた。
　こんな成り行きみたいな形で告白するんじゃなくて、ちゃんと伝えたい。
　湊先輩が好きっていう、私の気持ちを。

「俺今調子乗ってるから、止められない」

【side 湊】

「私……。デートの約束の日、ちゃんと告白しようって思ってたんですよ……？」
「……っ、は？」
　莉子のセリフに、すべての思考回路が停止した。
　今、なんて言った……？
「あの……。また別の日に、デート……してくれますか？」
「……待って、ちょっと待って」
　意味が、わからない。
「その日に、ちゃんと……」
　莉子、待って。
　ほんとに待って……。
「告白って何？　莉子、もしかして俺のこと……」
　そんな俺に都合がよすぎること、あっていいのか？
「だから、あの、デートを……」
　頑なに、ここでは言いたくないらしい莉子。
　でも俺は、そんな喉から手が出るほど欲しいものを目の前に吊るされて、待つことなんてできなかった。
「無理。今言って。何？」
　今、何を言おうとした？
　莉子は少し困ったような顔を見せた。

「莉子。お願い。俺もう待てない。頭ん中、莉子のことばっかでおかしくなりそう。頼むから今言って」

今すぐにでも、莉子の口から言ってほしい。

藁にも縋る思いで莉子を見つめた。

多分、今俺の顔は、余裕のない情けない表情になっているだろう。

俺に見つめられた莉子の顔が、ほんのりと赤く染まっていく。

「心の、準備がっ……」

心の準備が必要な告白って……。

「じゃあ5分待つ」

「ええっ……！」

「待つから、心の準備して」

あー、クソ、ダメだ。余裕ない。

つーか、母親の頼みを蹴ってでも、この前のデートに行くんだった。

あとあと面倒になると思って、莉子とのデートを持ち越しにした自分を殴りたい。

つーかほんとに。何、告白って……。これで思っているのと違う告白だったら、立ち直れない。

そのくらい、期待してしまっている自分がいた。

「あ、あの……湊先輩」

まだ5分も経っていないが、俺の名前を呼ぶ莉子の声が生徒会室に響く。

「わ、わかりました……言い、ます」

ごくりと、息を呑んだ。
　顔を赤くしながら、上目遣いで見つめてくる莉子。
　少しも視線を逸らさず、じっとその可愛い顔を見つめて次の言葉を待った。
「わ、私……湊先輩のこと、が……」
　もしその告白が、俺が思い描いたものなら……。
「……好き、です」
　――俺は世界一の、幸せ者になれる。
　一瞬、時が止まった気がして、息をするのも忘れた。
　けれど、莉子の言葉ははっきりと、俺の耳に届いた。
「……莉子、本当に？」
　今、『好き』って言ったよな……？
「は、はい」
「それは……。恋愛感情として？」
「も、もちろんです……」
　恥ずかしそうにしながら、何度も首を縦に振る莉子。
　そして俺をじっと見つめながら、ゆっくりと口を開いた。
「湊先輩の……恋人に、なりたいですっ……！」
　その可愛さたるや、もう俺の許容範囲を超えていて、溢れ出る愛しさを抑えきれない。
　あの莉子が……。
　好きで好きで愛しくてたまらない莉子が……。俺のことを、好きだと言った。
　今のこの気持ちを、言葉にすらできない。
「……」

「せ、先輩？」
「莉子……」

 ただ、1つだけ言えるとするなら……。

 この瞬間俺は、世界で一番幸せだった。
「……俺のものになって」
「……はい」

 こくりと頷いた莉子を、衝動的に抱きしめた。

 もう抱き潰してしまいそうなほど、愛しい気持ちが止まらない。
「…………好き。大好き。愛してる」

 耳元でそう言うと、莉子がくすぐったそうに身をよじったのがわかった。
「ふふっ。私の気持ち……ちゃんと伝わりましたか……？」

 なんだその嬉しそうな顔。

 可愛い聞き方。

 伝わったに決まっている……。
「……もう今嬉しすぎて、頭がバカになってる」

 好きな人に好きだと言われることが、こんなにも幸せなことだったなんて。
「莉子……。大好き。もう一生離さない」

 更にきつく抱きしめて、誓うようにそう囁いた。

 俺の莉子。もう……。誰にも渡さない。
「これからは、許可なく抱きしめてもいい？」

 俺の腕の中で、コクコクと首を振る莉子が可愛い。

 もう、可愛くてたまらない。

「じゃあ……。キス、は？」
　調子に乗って、そんなことを聞いた。
「キスは……ダメ、です」
　その返事に、少し肩を落としたけど、
「き、緊張するので……。ひと言、言ってください……」
　返事の続きに、心臓をぎゅっと鷲掴みにされた。
「何それ、可愛いんだけど」
　もう、どこまで俺を喜ばせれば気がすむんだ。
「可愛くないですっ……」
「……可愛いよ、莉子は」
　ほんと、どうしようもないくらい……。
「俺がどれだけ莉子のこと可愛いって思ってるか、ちゃんと伝わればいいのに」
　莉子の首筋に、ぎゅっと顔を埋める。
　それがくすぐったかったのか、莉子の身体がビクッと震えた。
「湊、せんぱ……く、くすぐったいっ……」
「ダーメ。俺今調子乗ってるから、止められない」
　自分でも、子供みたいに浮かれていることに驚いている。
　でも、こんなの浮かれずにいられないだろ。
「莉子が、俺のものになった……」
　本当に、恋人になったんだ。
　これでもう……。莉子は俺のものだって、胸を張って言える。
　それが嬉しくて、顔がにやけるのを必死に抑える。

そんな俺をよそに、莉子はなぜかくすっと笑った。
……ん？
「だったら湊先輩も……私のもの、ですねっ」
……っ!!
「えへへ」と照れくさそうに笑う莉子に、全身の血が騒ぎ出すみたいな衝動に駆られた。
心臓が、ドクドクとうるさいくらい騒ぎ立っている。
「あーもう、どこまで煽ったら気がすむの……？」
我慢できずに、ソファに莉子を押し倒した。
「ひゃわっ……！」
なに可愛い声出してんの……。
覆いかぶさるような体勢になり、必然的に顔も近くなる。
莉子は顔を真っ赤にしながら、戸惑いの目で俺を見上げていた。
なんでこんな、どんな顔していても愛しいんだろう。
「……莉子」
莉子の小さな唇に人差し指をそっと重ねた。
「……ここに、キスしていい？」
莉子の顔が、更に赤みを帯びていく。
りんごみたい……かわいっ。
「湊先輩、私……。キス、したことなくて……」
……え？
「……ほんとに!?」
「どうしてそんなに驚くんですかっ……！」
いや、当たり前に驚くだろ……。

莉子とそういう話はあまりしたことがなかったから、知らなかったけど……。でも、誰かと付き合った経験はあるんだろうと勝手に思っていた。
　だって、莉子みたいな可愛いの、男が放っておくはずないし、告白だって山のようにされてきただろう。
　初めて付き合った男は、俺じゃなくても仕方ないって思っていたのに……。
「手を繋ぐのも全部、湊先輩が初めてです……」
　……うわ、ヤバいな。
「それ、最高」
　顔がにやけるのを、抑えられない。
　俺しか知らない莉子って……。最高だ。
　今、たまらなく神に感謝したい気分。
「俺もだよ」
「え？」
　俺の言葉に、莉子がこてんと首を傾げる。
　いつも思っていたけど、首を傾げるのクセなの？
　可愛いすぎるから、控えてほしいんだけど……。
「これが、ファーストキス」
　そう言って、そっと自分の唇で、莉子の唇に触れた。
　味なんてよくわからなかったけど……。たとえるとすれば、幸せの味。
　ゆっくりと、唇を離す。
　目の前にある莉子の顔は、相変わらずりんごのように赤かった。

「あー……。莉子、好きだ……」

　口に出したら止まらなくて、何度も好きだと伝える。

　今度は伝えるだけじゃ物足りなくなって、莉子に体重がかからないように、そっと抱きしめた。

「もうずっとこうしてたい……」

　莉子の温もりが心地よくて、目を瞑る。

　そんな俺に届いたのは……。

「私、も……」

　今にも消えそうな、可愛い声。

　控えめに抱きしめ返してきた莉子に、もうお手上げだった……。

「そんな可愛いこと言われたら、ほんとに帰してやらないけど」

　それでもいいの？　なんて、イジワルなことを言いたくなってしまう。

　無理だってわかっているのに、離したくない。帰したくない。

「でも……。私……今日帰ってから夜ご飯作らなきゃいけなくて」

「うん、帰らなきゃね」

　わかってる。わかってるから……。もうちょっとこうしていさせてほしい。

　２日間会えなかった分も充電(じゅうでん)。……なんて、いくらしたって足りないけど。

「ごめんなさい……」

「なんで莉子が謝んの？」
「だって……。せっかく湊先輩と仲直りできたのに……。バイバイしたくないです……」
　……っ!!
　ほんと、なに言っているんだろう、この子は。
「クソ……」
　俺がどれだけ我慢しているか、全然わかってないんだろうな。
　人の理性を試すことばっかり言って……。可愛すぎるのも罪だと思う。
「先輩……？」
　いろんな感情を堪えようと、黙り込んだ俺を見て不思議に思ったのか、莉子がまた首をこてんと傾げる。
　だから……。それもダメだって……。
　付き合い始めても、莉子のこの可愛さに、振り回される日々は続きそうだ。
「……帰り、いつもみたいに家まで送らせて」
「え？」
「少しでも長く、莉子といたいから」
　そのくらいのわがままはいいでしょ？
　俺……。莉子の彼氏なんだから。
「ふふっ、はいっ……！」
　微笑んで力強く頷く莉子に、俺も同じものを返す。
「じゃあ、一緒に帰ろっか？」
　ソファから起き上がって、カバンを持った。

「手」
　そう言って莉子のほうに片手を差し出すと、恥ずかしそうにしながらも、手を重ねてくれる。
　ちっさい手だなぁと思いながら、これからはこの手を、俺が守っていくんだと心に誓った。
　生徒会室を出る直前。立ち止まって、莉子のほうを見る。
「……もっかいだけ」
　そう言って、触れるだけのキスをした。
　ポポポッと、瞬く間に赤く染まる莉子。
「ふ、不意打ちはダメですっ……」
「ふふっ、ごめん」
　どこまでも可愛いなと思いながら、幸せを噛みしめた。
「行こっか？」
「はいっ！」
　莉子との恋は、始まったばかり——。

【side 湊 end】

03＊甘い恋人。

「一緒にいられる間に、充電しとかないと」

　大好きな湊先輩と、晴れて恋人になれた。
　初めての恋で、まだわからないことだらけだけど……。
　毎日、行動でも言葉でも愛情表現をしてくれる湊先輩に、幸せをもらっている。
　交際が始まって、あっという間に1週間が経った。
　お昼休みは相変わらず、4人でご飯を食べている。
　とくになんの悩みも不満もなく過ごしていたけれど……付き合い始めてからというもの、湊先輩が変わったところがあって……。
「莉子、ご飯粒付いてる」
　そう言って、指で私の頬に触れる湊先輩。
　そのままそれを自分の口に持っていき、パクッと食べた。
「……っ、ありがとうございます……」
　う……は、恥ずかしい……っ。
「うわー、湊ってばナチュラルにいちゃつかないでよ？」
「ほんとですよ。莉子がちっちゃくなってるじゃないですか……」
「真っ昼間から嫌になっちゃうよね？」
「ですよねぇ？」
　その光景を隣で見ていた、紗奈ちゃんと朝日先輩が茶化すように言ってくる。
「い、いちゃついてないです……！」

2人とも、ニヤニヤしてっ……。
「別にいいだろ。恋人同士なんだし」
　そこに湊先輩のさらりと言い放った発言も加わり、完全に冷やかしムードへと変わった。
　私の頬も、ポポポッと音を立てて赤く染まる。
「うわー、見せつけてくれますね？」
「つーか、開き直ったよこいつ」
「うるさい。莉子といられる時間は限られてるんだよ」
　付き合い始めて湊先輩が変わったこと。
　それは……。
「一緒にいられる間に、充電しとかないと」
　……とにかく、私に対して甘くなった。
　こっちが恥ずかしくなるような言葉を今まで以上に言い放ち、常に可愛がってくれる。
　嬉しいけれど、みんなの前では恥ずかしい。
　湊先輩は、どうして真顔でそんなことを言えるんだろう。恥ずかしくないのかな……？
　1人、顔も上げられないほど真っ赤になっている私をよそに、繰り広げられる3人の会話。
「瀬名先輩、あっまあまですね」
「ほんとそれ。もうずっとオーラがピンクだから」
「なんとでも言っとけ」
　どうして湊先輩がそんなケロリとしていられるのか、私には全然わからなかった。
　なんだか、私1人ドキドキさせられっぱなしな気がす

るっ……。
　そんなことを思いながら、もそもそとお弁当を食べていると、湊先輩がじっと私の顔を覗き込んでくる。
「莉子、明日の土曜ってあいてる？」
　……え？
　湊先輩の唐突な質問に一瞬驚きつつ、こくりと頷く。
「はい、あいてます」
　基本的に、土日は予定ないから……うん、あいてるはず。
　湊先輩は、私の返事を聞いて嬉しそうににっこりと笑う。
「それじゃあ、デートしよ。この前の……。仕切り直しさせて」
　……デート？
　あ、明日？
「は、はいっ……！」
「じゃあ決まり」
　やった……！
　湊先輩とデートというのが嬉しくて、頬が緩んでしまう。
　初めての、デート……。
「楽しみです……！」
　目を輝かせて湊先輩を見ると、頭を優しく撫でられた。
「俺も」
　えへへ……。ほんとに楽しみ……。
　明日は、頑張っておしゃれして行こう……！
　どんな服を着ていこうかと、今から悩んでしまう気の早い私。

きっと頬がふにゃふにゃと緩んでだらしない顔をしているだろうけど、今は抑えられない。
「……ねぇ紗奈ちゃん。この2人、もう俺たちのこと見えてないんじゃない？」
「そうですね。黙っときましょう」
　浮かれきっている私たちには、紗奈ちゃんと朝日先輩のそんな会話も耳に入っていなかった。

「んー……。何を着ていこう……」
　その日の夜。
　クローゼットの服をベッドの上に取り出して、いろんなコーディネートのパターンを試していく。
　鏡に映る自分を見ても、なんだかコレ！というものがなく、うーん……と頭を悩ませていた。
　パンツよりはスカートかな……？　デートはワンピースとかが定番なんだろうけど……。
「湊先輩って、どんな格好が好きなんだろう……？」
　そういえば、服装の話はしたことがなかった。
　できれば、湊先輩の好きそうな服装で初デートに挑みたいけど……。
　うーん……湊先輩の好み……。あっ！
「……そうだ！　朝日先輩に聞いてみようかな……！」
　一番湊先輩の情報に長けていそうな人が脳裏に浮かび、すぐにスマホを取り出した。
　4人の連絡用グループがあるから、そこから個別のトー

クルームへ飛ぼう。
　朝日先輩のアイコンをクリックし、トーク画面へ移る。
　なんて聞こう……？
　少しだけ悩んで、打った文面を送る。
【朝日先輩、ちょっとお聞きしたいことがあるんですけど今暇だったりしますか？】
　もし忙しいときだったら申しわけないなぁと思ったけど、すぐに既読になる。
【うん、平気だよ。どうしたの？】
　大丈夫そうなことにホッとして、本題へと移った。
「湊先輩の好みについて、なんですけど……先輩って、どんな服装が好きなのかわかりますか？　……っと、よし」
　送信……！
　またすぐに返事が来て、スマホがピコンッという音を鳴らした。
【可愛い悩みだね。せっかくだから電話しない？】
　え？　電話？
　もちろん、大丈夫だけど……。
【はい、大丈夫です】
　朝日先輩と電話って、なんだか変な感じ……。
　というより、朝日先輩と２人で話すのは、なんだかんだ初めてかもしれない。
　朝日先輩からの着信を知らせる表示が画面に映し出され、慌ててボタンを押す。
　スマホを耳に当てると、朝日先輩の優しい声が聞こえた。

『もしもし莉子ちゃん？』
「はいもしもし……！　すみません急に連絡して」
『全然平気。デートに着ていく服悩んでるの？』
「は、はい！」
　電話越しに、『うーん……』と唸る声が聞こえる。
『正直、湊の好みはわからないんだよね。あいつ女嫌いだから、そういう話いっさいしないし』
　あ……な、なるほど……。
　朝日先輩でもわからないってことは、誰もわからなさそう……。自分で考えるしかないかなぁ……。
　そう、諦めかけたとき。
『でも、莉子ちゃんが着てるものならなんでも可愛いって言うよ、あいつ。これは絶対だから』
　……え？
「そ、そうですか……？」
　確かに湊先輩は優しいから、きっと文句は言わないだろうけど……。
『あるある！　……あ、でもあんまり露出が多いやつはダメかな。あいつ心配性だし嫉妬するだろうから』
「わ、わかりました……！」
　1人何度も首を縦に振り、ベッドの上の服の中から露出の多い服を端に避ける。
　好みはわからなかったけど、いいアドバイスが聞けてよかった！
「ありがとうございます、朝日先輩！」

『どういたしまして。……ふふっ、湊のこと、好き?』
「へ?」
　唐突な質問に、思わず変な声が出た。
　す、好きって……。そんなの、当たり前なのに……。
　どうしてそんなこと聞くんだろうと思いながらも、返事をする。
「もちろん……です」
『そっかそっかぁ。ふふっ。湊も、莉子ちゃんと出会ってからすごい幸せそう』
　初めて知った、朝日先輩から聞く事実に驚いた。
　そう、だったんだ……。
　嬉しいな……。
　だって、私も同じだ。
　湊先輩と出会ってから、毎日が楽しい。
　もちろん前も楽しかったけど、今はなんだか、毎日がキラキラ輝いているみたい。
『親友が幸せそうで、俺も嬉しいよ。ま、ちょっと浮かれすぎな気もするけど』
「ふふっ、そうなんですか?」
　浮かれてる湊先輩ってちょっと可愛いな……えへへ。
『……で、俺も莉子ちゃんに相談したいことがあるんだけどさ』
「え? 私に、ですか?」
『うん』
　朝日先輩が、私に相談?

まさか逆に聞かれることがあるなんて思ってもみなかったから、少し身構えてしまう。
　な、なんだろう……？
「わ、私にできることなら……！」
　朝日先輩には日頃からお世話になっているから、できる限り力になりたいと思う。
『もちろん。莉子ちゃんにじゃなきゃできないよ。……紗奈ちゃんのことなんだけど』
「紗奈ちゃん……？」
『来月誕生日でしょ？　紗奈ちゃんが欲しがりそうなものとか、行きたそうなところとか知らない？』
　びっくりして、一瞬言葉を失った。
　こ、これって……朝日先輩と紗奈ちゃんも、デートをするってこと？
　ふ、2人って、そんなに仲良くなってたんだ……！
　驚きや嬉しさやらで戸惑いながらも、紗奈ちゃんの好きそうなものを思い出した。
　朝日先輩が私に、紗奈ちゃんのことを相談するなんて。紗奈ちゃんが知ったら、きっとすごく喜ぶだろうなぁ……ふふっ。
「えっと……紗奈ちゃんはリップを集めるのが好きで、上品で赤系のリップとかあげたら喜ぶと思います！」
　きっと朝日先輩からのプレゼントなら、なんでも喜ぶと思いますけど……とは、乙女の守秘義務を守るため言わないでおいた。

「場所は……スイーツが好きなので、あ、とくにパフェが好きです！　駅前の"ベリー"ってお店ありますよね？　あそこのカップル限定パフェが食べたいっていつも言ってます！」
『ありがと。めちゃくちゃ参考になったわ』
　参考になったってことは……。やっぱり……。
「紗奈ちゃんと、どこか行くんですか？」
『うん。誘ってみようかなって思ってる』
　デ、デートだ……！
　もしかして、朝日先輩も紗奈ちゃんのこと、気になってるのかな……？
　そうだといいな……。だって紗奈ちゃん、朝日先輩のこと大好きだもん。
　いつも朝日先輩の言葉に一喜一憂して、朝日先輩に振り向いてもらうために頑張っている。
　それを知っているからこそ、嬉しかった。
　……でも……。
「……朝日先輩」
『ん？』
「紗奈ちゃんはすごくいい子です。私の大事な大事な親友です。だから、傷つけたら……怒ります！」
　もし朝日先輩が、生半可な気持ちなら……やめてほしい。
　私は、紗奈ちゃんが泣くところなんて、見たくないもの。
『うん、わかってる。安心して』
　そう言った朝日先輩の声は、いつもよりも落ち着いてい

て、電話越しでも、真剣さが伝わってきた。
　……よかった。
　きっと朝日先輩は、紗奈ちゃんを傷つけたりしないよね。
　謎が多くて、掴みどころがない人だけど……。
「湊先輩の親友なので、信じます」
　湊先輩も、いいヤツだって言っていたし……私も、信じたい。
　紗奈ちゃんが喜ぶところを、見たいから……。
『ほんとバカップルだね』
「え？」
『ううん、なんでもない。それじゃ、お互い頑張ろう。バイバイ莉子ちゃん』
「はい、おやすみなさい」
　そう言って、通話を切った。
　それにしても……紗奈ちゃんと朝日先輩の、2人の恋が発展しているなんて……びっくり。
　よかったね、紗奈ちゃん……ふふっ。
　私も、明日のデート楽しもうっ……。
　スマホをテーブルの上に置いて、明日の服装選びを再開した。

「せっかく我慢してんのに、自分で煽ってどうすんの?」

「ふわぁ……」
　朝から、あくびが止まらない。
　昨日は楽しみなあまり、よく眠れなかった。
　家を出る前、玄関の鏡で全身を確認する。
　……よし!
　髪型もセットしたし、メイクも頑張った。
　服装も……湊先輩が気に入ってくれそうなものを、悩みに悩んで選んだ。
　可愛いって……思ってもらえたら、いいなぁ……。
　そんな期待を胸に、待ち合わせ場所に行くため家を出た。

　湊先輩は家まで迎えに行くって何度も言ってくれたけど、待ち合わせしたいって私がお願いした。
　デートっていえば、待ち合わせが定番かなって……。なんて、少女漫画の見すぎかな……?
　腕時計を見ると、ちょうど待ち合わせの時間5分前になっていた。
　湊先輩、もう着いているかな……?
　待ち合わせ場所は、駅前の交番。
　遠くに交番が見え始めて、その前に湊先輩らしき男の人の姿を見つけた。
　あっ……!　湊先輩!

嬉しくて、一直線に湊先輩の元へと走る。
　……あれ？
　声をかけようとしたそのとき、近くにいた女の人2人組が、湊先輩に話しかけようとしているのが見えた。
　驚いて、慌てて立ち止まる。
「ねぇねぇ、待ち合わせ？　どこ行くの？」
「あたしたちと遊ぼうよ？」
　こ、これって……ナンパ？
　逆ナンってやつだよね……？
　どうしよう……近づいちゃダメな雰囲気……。
　私は、近くの木に隠れるようにして、その場を見守る。
　なんだか……胸がザワザワするな。
　湊先輩……なんて言うんだろう……。
　そう思って湊先輩の動きを見たけれど、先輩は女の人たちの声が聞こえていないかのように、一向に動かない。
　スマホの画面を見たまま、視線すら少しも動かなかった。
「ちょっと無視って酷くない？」
「おーい、聞こえてますか？」
　再度女の人たちが声をかけるも、状況は何も変わらなかった。
　そのことに、ホッとしてしまう。
　よかった……。綺麗な人たちだから、湊先輩がついてっちゃったらどうしようかと思った……。
　って、別に先輩を信じていないわけじゃなくて……。好きだからこそ、不安になっちゃうというか……。

とにかく、安心したんだ。
早く行こうと思い、ようやくその場から動いた私。
急いで、湊先輩の元へ駆け寄った。
私が声をかけるより先に、気配に気づいたのか、湊先輩がこちらを向く。
私を見るなり、その表情がふわっと優しいものになった。
「……莉子！」
笑顔で片手を上げる湊先輩に、胸がキュンと高鳴った。
「お、お待たせして、すみませんっ……！」
「全然待ってないから平気。行こう」
そう言って、手を握ってきた湊先輩。
「なんだ、彼女待ちじゃん」
「他行こ？」
女の人たちは、諦めた様子で去っていった。
なんだか失礼なことをしてしまったけど……。今からは、2人の時間。
今日は思い出に残る、初デートになるといいなっ……。
2人ともお腹がすいていたので、少し早いけどランチをすることになった。
湊先輩が予約してくれていたらしく、オムライスの美味しい洋食レストランに入る。
私はお店一押しメニューのデミグラスソースのかかったオムライスを、湊先輩はシンプルなトマトソースのオムライスをチョイスした。
運ばれてきたオムライスはどちらも絶品で、2人で少し

ずつ食べ比べしたりして、恋人らしい時間を過ごした。
　お腹いっぱいになって、2人でお店を出ると、湊先輩が聞いてきた。
「莉子、このあとどこ行きたい？」
「え？　……えーっと……」
「2時間くらい時間あるから、適当に歩こっか？」
　2時間……？
　何を意味する時間かわからなかったけど、とりあえず行きたい場所を探す。
　街をブラブラ歩いていると、ある場所に目が止まった。
「あ……」
　あれは……。
「ゲーセン？　気になる？」
　ゲームセンターを見つけて声をあげた私に、湊先輩がそう聞いてくる。
　じつは、少しだけ憧れていた。
「あんまり、行ったことなくて……。紗奈ちゃんと、1回だけ写真シール撮ったことあります」
　そのときも、シールを撮ってすぐにゲームセンターを出たから、クレーンゲームとかはやったことがなくて……。
「1回だけ？」
「はいっ。中学生の頃、親から禁止されてたんです」
　ゲームセンターは危ない場所だから、女の子が1人で行っちゃダメだって、強く言い聞かされていた。
「いい両親なんだな」

あ……。
　一瞬、湊先輩にとって家族の嫌な記憶を思い出させたんじゃないかと危惧したけれど、いらない心配だったらしい。
　湊先輩は優しい顔で笑って、私の頭を撫でてくれる。
「莉子がこんなにいい子なのは、ご両親のおかげだろうな」
　湊先輩……。
　パパとママのことを褒められて、私まで嬉しくなった。
「じゃあゲーセン行こっか？　今は俺がついてるし」
　わっ……やったぁ……！
　大きな店舗なのか、至るところにクレーンゲームやコインゲームの機械が並んでいる。
　このぬいぐるみ、可愛い……！
　こっちのも……！　でも、やっぱり最初は……。
　奥にある機械を見つけて、私はそこを指さした。
「先輩っ！　私、湊先輩と写真シール撮りたいです……！」
　せっかくだから、湊先輩と２人で写っているシールがほしい……！
「……」
　湊先輩は、私が指さすほうを見ながら、目を細めた。
　もしかして、こういうのは嫌いかな……？
「い、嫌ですか？」
　湊先輩が苦手なら……。無理強いはしたくないな……。
　そう思ったけれど、先輩は意を決したような表情をして、にっこりと微笑んでくれる。
「ううん。撮ろ」

「いいんですかっ……！　ありがとうございます！」
　やったっ……！　嬉しい。
　あまり自撮りとかは得意なほうじゃなかったから、湊先輩と２人でいるときも写真を撮ることはなかった。
　４人の写真なら、紗奈ちゃんが撮ってくれて何枚かあるけど……２人きりっていうのは、初めて。
「どうなってんのこれ？」
　誰も入っていなかった機種を選び、慣れないながらに操作する。
「私もあんまり詳しくなくて……」
　一度しか撮ったことがないから、なんとか説明を聞きながら撮影タイムまで操作した。
　画面に映し出されたオススメのポーズを見るなり、湊先輩が顔をしかめる。
「さすがにこのポーズはちょっと……」
　た、確かに……。うさ耳ポーズをしている湊先輩って、想像できないや……。
　そうこう考えているうちに、シャッターのカウントダウンが始まってしまう。
「莉子」
「はい？　……わっ！」
　どんなポーズで撮ろうかと悩んでいると、突然手を引かれた。
　──ぎゅっ。
　……え？

ガシャッ、と音が鳴り、撮影されたものが画面に映し出される。
　そこには、後ろから私を抱きしめる湊先輩と、きょとんと間抜けな顔をした私が映っていた。
「……うん、よく撮れてる」
　……っ!!
「……ず、ずるいです……!!」
　ニヤリと口角を吊り上げている湊先輩を、キッと睨むように見つめた。
　こんな不意打ち……。本当に湊先輩は、ずるい。
「初デートの記念に」
　確かに、思い出にはなるだろうけど……。は、恥ずかしい……。
　顔の火照りを静めようと、パタパタと手で扇ぐ。
　そうこうしているうちに、機械が再びカウントダウンを始める。
「え？　まだあんの？　何枚撮るのこれ……」
　湊先輩は画面を見ながら、困った様子。
　……そうだっ……。
「湊先輩」
　湊先輩の手を引いて、自分の元へ引き寄せる。
　次の瞬間。
「ん？　……っ!!」
　うんっと背伸びをして、自分の唇を、湊先輩の頬にくっつけた。

「……ふふっ、仕返し、ですっ」
　湊先輩も、恥ずかしくなっちゃえばいいんだっ……。
　イタズラが成功して、ふふっと笑う。
　きっと先輩は優しいから、笑って許してくれると思ったのに、顔を覗き込むと、少し怒ったような表情をしている。
「……莉子、バカなの？」
　……え？
　あ、あれ……？　怒らせちゃったっ……？
「あ、あの……ごめんなさ……きゃっ！　……み、湊せんぱっ……」
　謝ろうとしたその瞬間、腕を引かれて抱きしめられた。
　驚いて顔を上げると、すぐ目の前に湊先輩の顔が。
「んっ……！」
　なんで……キ、キス……っ!?
　唇に、やわらかい感触(かんしょく)。
　湊先輩は荒々しくキスをしてきて、私はされるがままになる。
　なかなか離れてくれない湊先輩に、息が苦しくなり始めたとき、ようやく解放された。
「……っ、はっ……」
　ど、どうしてこんな……？
「……今のは莉子が悪い。せっかく我慢してんのに、自分で煽ってどうすんの？」
「あ、煽ってないです……」
「ここが外じゃなかったら、こんなもんじゃすまなかった

よ?」
「っ!?」
　どうやら私がイタズラでしたキスが、湊先輩の何かを刺激してしまったらしい。
　冗談でキスはしないでおこう……と、心に誓った瞬間だった。

「うん、バッチリ撮れてる」
　完成したシールを見て、湊先輩はご満悦な様子。
「いい思い出ができた」
　恥ずかしいけど、湊先輩が嬉しそうだからいっか……。
　私も、2人の思い出ができて、嬉しい……。ふふっ。
「じゃあ、そろそろ予約の時間だし行こっか」
「え？　どこに行くんですか？」
「プラネタリウム」
「……！」
　さらりと言われた目的地に、私は目を大きく見開いた。
「私、ずっと行きたかったんです……！」
　半年前くらいにテレビで見て、それからずっと行ってみたかった場所だった。
　ただ、行ったことのない場所に1人で行くのはちょっと怖くて、紗奈ちゃんを誘ってみたら、友達同士で行くところじゃないでしょ？と笑われたのだ。
　ずっと行けず仕舞いで、いつか行けたらいいなぁって思っていたけど……。まさか、湊先輩と行けることになる

なんて。
「うん、知ってる。富里から聞いた」
「え?」
　紗奈ちゃんから……?
　どういうこと?
「この前試合見に来てくれたときに、富里が朝日の好み聞いてきたんだ。それで、俺も莉子の好きなものとか教えてもらった」
　まさか2人がそんなやり取りをしていたとは思わなくて、それと同時に、昨日の朝日先輩との会話を思い出す。
　まさか、みんな同じことを考えていたなんて……。
「……ふふっ」
　抑えきれなくて、笑みが零れた。
　似た者同士、なのかな?
「なんで笑ってんの?」
　笑う私を見て、湊先輩は少し不機嫌そうに眉をひそめた。
「いえ、なんでもないです」
「……絶対なんかある」
　ムスッと拗ねた表情をしながら、「何?　言って」と詰め寄ってくる湊先輩に、またしても笑い声が零れた。
　——そうして初デートは、笑顔の絶えない、忘れられない思い出になった。

「莉子はダメ」

「で？　一昨日の初デートは楽しかったの？」
「うんっ……！」
　月曜日の朝。
　一昨日の出来事を話す私に、紗奈ちゃんは「よかったじゃない」と言って笑ってくれた。
　行きたかったプラネタリウムも、息を呑むほど綺麗ですごく感動した。
　ずっと楽しくて、幸せで……。忘れられない思い出。
　一昨日のことを思い出して、だらしなく頬を緩ませている私をよそに、紗奈ちゃんが教室の時計をチラッと見て声をあげた。
「あ、そろそろ理科室行かないと！」
　あ……。次、移動教室だった……！
「ほんとだっ」
　科学の授業に必要なものを一式持って、紗奈ちゃんと慌てて教室を出る。
「次実験でしょ？　しかも虫だって」
　紗奈ちゃんの言葉に、私は顔が青ざめるのを感じた。
「わ、私苦手なんだ……。どうしよう……。紗奈ちゃんは平気？」
「あたし？　全然平気」
「お、男前だ……」

さすが紗奈ちゃん……。かっこいい……。
そんな何気ない会話をしながら、2人で理科室へと急ぐ。
理科室は2階にあるから、2年生の教室の前を通る。
湊先輩の姿が見えないかなぁ……。と期待してキョロキョロ辺りを見渡していると、何やら廊下の向こうに男子生徒が集まっていた。
「……ん? あれって朝日先輩たちじゃない?」
……え?
よく見ると、その集団の中心にいるのは確かに朝日先輩と、だるそうに壁にもたれている見覚えのある背中が。
多分……。いや、あれはきっと湊先輩だ。
「ほんとだ……。何してるんだろうね?」
姿を見つけられたことに嬉しくなりながらも、どこか不穏な空気が漂っていることに気づいた。
「何かあったのかな……?」
「ていうか揉めてない? まさかケンカッ……!?」
隣を歩く紗奈ちゃんの目が、なぜかキラキラしている。
「どうして目が輝いてるの……?」
「だって! ケンカする朝日先輩とか、絶対かっこいいじゃない!」
……そ、そうなんだ……。
紗奈ちゃんの言っていることはわからないけど、次第に縮まっていく先輩たちとの距離。
声が聞こえるほどの距離になったとき、朝日先輩が私たちの姿に気がついた。

「あ、紗奈ちゃんと莉子ちゃん」

おーい！と手を振ってくれる朝日先輩に続いて、こちらに背を向けていた湊先輩がピクリと反応する。

「莉子？」

すぐに振り返った湊先輩と目が合って、ぺこりと頭を下げた。

「何してんの？　2年の階で。こんなところにいたら危ないだろ」

駆け寄った私の腕を引いて、心配そうに見つめてきた湊先輩。

「あ、危ない……？」

いったい、なんのことかわからなくて首を傾げると、隣の紗奈ちゃんが深いため息をついた。

「1限目、理科室だから移動中なんですよ。瀬名先輩、相変わらず過保護すぎます。あたしが見張ってるから大丈夫ですって」

「ああ、移動教室か」

納得した様子の湊先輩に、私も「はいそうです！」と言って首を縦に振る。

「先輩たちこそ、どうしたんですか？」

紗奈ちゃんの質問に、なぜか朝日先輩が閃いたような表情を浮かべた。

「……あ、そうだ！　2人に頼めばいいじゃん！」

「え？」

頼めばって……？

「じつはさ、今度の３連休にサッカー部の秋合宿があるんだ。３年が引退したから、新体制の確立、みたいな？」
　へぇ……！　そうなんだぁ……！
　合宿って、なんだか青春っぽくて憧れるなぁ……。
　私は中高ともに帰宅部で、委員会活動だけだから、縁のないものだった。
「合宿、頑張ってください！」
「うん……。頑張るつもりなんだけど……」
「……？」
「じつはマネージャーが足りなくてさ……。紗奈ちゃんと莉子ちゃん、暇だったら手伝いに来てくれない？」
　手伝い？
「え！　行きます!!」
　朝日先輩の言葉に、即座に反応した紗奈ちゃん。
　手をまっすぐ上げて、即答した。
　ええっと……。サッカー部のお手伝いとか、私に務まるかわからないけど、予定はあいているはず。
　少しでも、湊先輩の力になれるなら……。
「私も、その日ならあいて――」
「莉子はダメ」
　……え？
　私の声を遮るように、湊先輩がそう言った。
「つーか、適当に探せばいいだろ。最悪、部員たちでやればいい。たったの２泊３日なんだから」
「えー……。２泊３日だからこそ、俺らはサッカーに専念

したほうがいいってことじゃん」
「とにかく莉子は参加させないから。富里はお前に任せる」
「なんだよそれ？」

　紗奈ちゃんはいいけど、私はダメってこと……？

　それってつまり……私は必要ないって、こと……？

　はっきりと『いらない』と言われた気がして、胸が酷く痛んだ。

　じわりと視界が揺れて、慌てて涙を堪える。

　ダメだ……早く、ここから、立ち去ろう……。

「それじゃあ私……もう、行きますね」
「え？　ちょっと莉子……」
「じゃ、邪魔してすみませんっ……！」

　引き止めようとする紗奈ちゃんの声も聞かず、理科室の方向へと走り出した。

　これ以上あそこにいたら、みっともなく泣いてしまいそうだったから……。

　少しでも湊先輩の力になりたいって思ったけど……。私なんて、必要なかったんだ。

　そうだよね……。私、鈍臭いし、きっとなんの戦力にもならないよね。

　湊先輩を応援したいって気持ちがどれだけ強くたって、先輩に拒否されたんじゃ、なんにも言えない……。

「……あーあ、あれ絶対誤解させたぞ、お前」
「……は？　何がだよ」
「莉子ちゃんかわいそ」

そんな湊先輩と朝日先輩の声が聞こえるはずもなく、私は先輩たちが見えなくなった場所で、堪えていた涙を静かに流した。

「どこまでも束縛したくなる」

　その日の午前の授業は、ずっと上(うわ)の空だった。
　あのあと、追いかけてきてくれた紗奈ちゃんが慰めてくれたけど、湊先輩にいらないと言われたショックがあまりにも大きくて……。
『莉子はダメ』
　思い出すだけで、じわりと涙が滲(にじ)む。
　私がいたら、邪魔、かな……。
　……なんて、考えてもキリがないよね。
　ダメって言われたっていうことは、そういうことなんだから……。もう、気にしないようにしよう。
　お昼休みになり、いつものように紗奈ちゃんと屋上へ向かう。
　今は正直、湊先輩と会いたくない気分だった。
　でも、そんなこと言ったら紗奈ちゃんに心配させちゃうし……。朝のことは、なかったことにしよう。
　いつもどおり、いつもどおり……。
　屋上の扉を開くと、すでに来ていた湊先輩と朝日先輩がいた。
「どーも」
　紗奈ちゃんの声に、朝日先輩が反応する。
「お、来た来た」
　湊先輩は……。うん、いつもどおりだ。

「じゃ、食べますか！」
　湊先輩の隣に座って、朝日先輩の声に「はい」と頷く。
　お弁当を開けて「いただきます」と言ったときだった。
「……あ！　そうだ！　俺今日お茶忘れたんだったわ！　ちょっと買ってくる」
「あ！　あたしも無性に抹茶ラテが飲みたいです！　ちょっと買ってきまーす！」
　……え？
　朝日先輩に続いて、紗奈ちゃんも立ち上がる。
「ちゃんと謝れよ」
　ボソッと、朝日先輩が湊先輩に何か言ったみたいだったけど、小声だったためよく聞き取れない。
　２人は財布を持って、屋上を出ていこうとした。
　え、ま、待って……！　今２人になるのは、気まずいのに……！
　行かないで２人ともっ……！
　そんな私の心の声は届かなかったようで、バタンとしめられた屋上の扉。
　２人きりの屋上はやけに静かに感じて、シーン……という効果音が付きそうなほどの静寂に包まれた。
　うぅ……。な、何か話さなきゃ……。
　話題を必死に考えるも、何も言葉が出てこない。
　結局静けさだけが際立って、気まずくなる一方だった。
「……あのさ、莉子」
　先に声を出したのは、湊先輩のほうだった。

ビクッとあからさまに反応してしまい、しまった……！
と後悔(こうかい)する。
　　今の絶対に、不自然に思われたよね……。
　　ダメだダメだ……。平常心平常心……！
「さっきのことだけど……」
　　またしても、ぎくっと嫌な音が鳴った気がした。
　　さっきのことって……朝のこと、だよね……。
　　私を見ながら、困った表情をしている湊先輩。
　　申しわけなくなってきて、私はようやく口を開いた。
「あっ……あの、気にしないでください！　私も、気にしてないので……」
　　そんな顔させたいわけじゃないのに……。
「私、鈍臭いですし……いてもきっと、迷惑しかかけないと思うので……」
　　気にしなくていいと、平気だと伝えようと、必死に思いついた言葉を並べる。
　　けれど、話している間にどんどん悲しくなってきて、視界が滲んだ。
「ダメって言われても仕方ないって、ちゃんと、わかってるので……あの、だからもうこの話は……」
「莉子」
　　もうこの話はやめましょう、という言葉は、湊先輩の強い声に遮られた。
「違うから……！　そうじゃない！」
　　……え？

「莉子がダメってことじゃないから……！」
 焦った様子でそう言って、私のほうに手を伸ばしてきた湊先輩。
 その手が頬に添えられて、優しく撫でられた。
 じっと見つめてくる瞳は、苦しそうに揺れている。
「ただ、俺が……」
「……先輩？」
「……嫉妬するから、ダメ」
「……え？」
 嫉妬……？
 想像もしていなかった言葉が飛び出し、頭の上に幾つものはてなマークが浮かぶ。
「……莉子可愛いから、他の男に見せたくない。合宿なんか男だらけだから、そんなところに莉子を行かせたくないんだよ」
 な、何それ……。
「そういう……かっこ悪い理由だから……。わかって」
 バツが悪そうな顔をして、フィッと視線を逸らす湊先輩。
 拗ねたようなその顔が可愛くて、愛しい気持ちがふつふつと湧き上がる。
 なんだ……。そんな理由だったんだ。
 よかった……。私、除け者にされた気がして……。
 私はいらないって……いなくても平気だからって言われた気がして、すごく寂しかった。
 まさか、こんな可愛い理由だったなんて……。

「……ふふっ」
　さっきまでの涙が止まって、代わりに笑みが零れた。
「……笑わないで」
　湊先輩は拗ねた表情で私を見ている。
　それすらも可愛くて、緩む頬を抑えられない。
「……うんざりした？」
　どこか不安げな声でそう聞かれ、首を傾げる。
「え？　どうしてですか？」
「こんな嫉妬深い男……嫌じゃない？」
　あぁどうしよう……。
　いつもかっこいい湊先輩が、今は可愛くて仕方ない。
　さっきまでの悲しい気持ちは、どこかへ吹き飛んでしまった。
「全然嫌じゃないです。むしろ……嬉しいです」
　私の言葉に、きょとんとする湊先輩。
「嬉しい？　なんで？」
「だって……それくらい大事に想ってくれてる……ってことですよね？」
　湊先輩の気持ちが、ただ嬉しい。
「うんざりなんてしません」
　そっと、湊先輩の頭に手を伸ばす。
　いつも先輩がしてくれるみたいに、優しく頭を撫でた。
　湊先輩の顔が、じわじわと赤く染まっていく。
「……そんなふうに、俺のこと甘やかさないで」
　次の瞬間、撫でていた手を突然掴まれ、引き寄せられた。

驚いて「わっ……」と声をあげたときには、すでに湊先輩の腕の中に閉じ込められていて……。
「どこまでも束縛したくなる」
　耳元で囁かれた言葉に、顔が熱を持ち始める。
　なんだか、すごいこと言われちゃったな……。
「いいですよっ……」
　束縛なんて、いくらでも……。
　湊先輩になら、いい。
　そんな気持ちを込めて、そっと抱きしめ返す。
　先輩の服をぎゅっと握って、広い胸に頬をすり寄せる。
　湊先輩の身体が、ビクリと反応したのが伝わってきた。
「ほんっと可愛いな……。なんなの」
　窒息死しちゃいそうなほど強い抱擁に、なぜか安らぎすら感じてしまう。
「莉子が可愛いこと言うたびに、もっと面倒くさい男になりそう」
　ぐりぐりと頭を私の首筋にすり寄せてくる湊先輩がたまらなく可愛い。
　この人が好きだなぁ……と、改めて思った。
　大好き……。ずっと、湊先輩の恋人でいたい。
　一番……近くに。
「あの……」
「ん？」
「合宿、私も行っちゃダメですか？」
　理由を聞いたら、尚更諦めがつかなくて、ダメ元で聞い

てみる。
「……さっきの俺の話聞いてた?」
「でも……私も湊先輩の力になりたい……」
　私が邪魔じゃないなら……。ダメかな……?
　先輩の彼女として、応援したいのに……。
「……そんな可愛いこと言ってもダメ」
　頭上から降ってくる声は不機嫌そうで、湊先輩がどれだけ私が来ることに反対しているか伝わってくる。
　でも……私だって折れたくない……。
「湊先輩が頑張ってるところ……近くで見たいです。先輩のこと、誰よりも応援したい……。そう思っちゃダメ、ですか……?」
　湊先輩の目をじっと見つめて、お願いしてみる。
　すると、湊先輩の瞳が揺れて、何かをくいしばるようにぐっと堪える顔をした。
「……んで、そういう可愛いことばっか言うんだよ……」
　いつもとは違う荒っぽい口調に、どきりと胸が高鳴る。
「俺がなんにも言えなくなるの、わかって言ってんの?」
　目を逸らすことも許さないような強い眼差しに、ごくりと息を呑んだ。
「莉子はほんと、ずるい……」
「……湊先輩のほうがずるいです」
「え? 俺?」
「いっつも私のことドキドキさせて、ずるいです……っ」
　私が湊先輩の行動に、どれだけドキドキして、一喜一憂

してるのか、全然わかってないよ。
「……何それ」
　なぜか眉をひそめ、不機嫌丸出しな湊先輩。
「そんなの、俺のセリフなんだけど」
　……え？
「俺が毎日どんだけ莉子にときめかされてるか、知らないだろ？」
　大きな手に、両頬を包まれる。
　こつんと額をくっつけられ、至近距離で見つめてくる湊先輩。
「どんな顔しても可愛い……。こんな可愛いの他のヤツが見たら、絶対好きになる。そんなことになったら、俺、嫉妬でどうにかなりそう」
　あぁもう……。湊先輩が甘すぎる。
　こんなふうに思われて、大事にされて、他の人に目移りできるはずがないのに。
　他の人なんて、どうだっていいのに。
　頬に添えられている湊先輩の手に、自分の手を重ねた。
「私は……湊先輩しか見てません」
「……っ」
　だからお願い……信じてほしい。
「…………俺以外と、極力話さないって約束できる？」
　私の気持ちが伝わったのか、湊先輩のその質問に、首をこくりと縦に振る。
「は、はい！」

「目も合わせないで。あと合宿中は、常に俺のこと優先。他のヤツに話しかけられても無視して」
「はい……」
「俺のこと嫉妬させないって……約束できる?」
　そんなの、言われなくてもっ……!
「はいっ……!　できます!」
　何度も首を振って、わかりましたとアピールする。
　湊先輩は少し悩んだあと、諦めたように「はぁ……」とため息をついた。
「…………わかった」
　や、やったぁ……!
「じゃあ、手伝いお願いしてもいい?」
「ふふっ、はいっ……!」
　嬉しくって、顔が緩んでしまう。
　湊先輩がサッカーしてるところ……近くで見られるんだっ……!
　ちゃんと、応援していいんだっ……。
「私、頑張ります!　湊先輩の役に立てるように……!」
　そう言って、満面の笑顔を見せた。
「そんなの、いつだって……」
「え?」
「……莉子はいてくれるだけで、俺を幸せにしてくれてるから」
　……っ。
　湊先輩……。

「莉子の存在が俺の全部……。こんなこと言ったら重たいって思われるだろうけど、そんくらい好きだから」
　湊先輩の言葉1つ1つが、胸に響く。
「俺に愛されてるって、ちゃんと自覚して」
「は、はいっ……！」
　こんなふうにはっきりと言葉で伝えてくれるところも、本当に好きだなぁ……。
　私は湊先輩から、いろんなものをもらってばかりで、まだ全然お返しできてないけど……。
　少しずつ、同じものを返せるようになりたい。
「湊先輩も、ですよ？」
「え？」
　今、私が感じている幸せを、湊先輩も感じてくれていると嬉しいな……。
「私は先輩しか見てないって……。わかってて、ください」
　きっと私今、すごくだらしない顔をしているに違いない。
　でも仕方ない。だって……とってもとっても、幸せなんだもん。
「あー……クソ……」
「きゃっ……。み、湊先輩……？」
　突然、湊先輩に押し倒され、視界が反転した。
　目の前には、私に覆いかぶさる湊先輩と、空。
　急なことに驚きながらも、頭を打たないように先輩の手が添えられていて、さりげない優しさにときめく。
　湊先輩は私を見下ろしながら、困ったように眉の端を下

げていた。
「俺のこと試してるの？」
　え？
　試してるって……？　ど、どういうこと？
「あんまり可愛いことしたら、その口塞ぐよ？」
　その言葉に顔がぼぼっと赤く染まった。
「ただでさえ……必死に我慢してるんだから」
　余裕のない表情をしている湊先輩に、私はごくりと息を呑んだ。
　ゆっくりと近づいてくる湊先輩に、キスされる……！と覚悟し、目を閉じたときだった。
　──ガチャッ。
「たっだいまー！　仲直りでき……た？　みたいだね？」
「よかったですねー！　朝日先輩！」
　屋上の扉が開き、2人の楽しそうな声が聞こえてくる。
「さ、紗奈ちゃん！　朝日先輩……！　お、おかえりなさい！」
　私たちは慌てて起き上がり、何事もなかったように装う。
　でも、2人のニヤニヤした表情からして、隠しきれなかったことは明白なんだけど……。
　は、恥ずかしいところ見られたっ……。
　なんだか、こんなこと前にもあったような……？
「……お前ら……」
　湊先輩から怒りのオーラが漂っているのが、目に見えてわかる。

「いっつもタイミング悪すぎ。狙ってんだろ？」
「違うよーん！ つーか真っ昼間から盛ってる湊が悪いんでしょ!? 俺らに逆ギレしないでくださーい」
「お前……。あとで覚えとけよ」
　なんだか不穏な空気になっている気がするけど……。
　ひとまず、湊先輩と仲直りできてよかった。
　先輩の本心も知れたし……。合宿も、楽しみだなぁ。
　1人幸せな気持ちになりながら、みんなと一緒にランチタイムを再開した。

04＊キミが可愛くて。

「俺の彼女なんで」

【side 湊】

「えー、それじゃあ秋合宿について決めていくよ」
 放課後の部活ミーティングの時間。
 ２年が中心となって集まり、それぞれに資料が配られる。
 ちなみに、サッカー推薦で大学が決まっている先輩たちは秋合宿に参加するため、キャプテンと他の５人の３年も参加していた。
 キャプテンは静かだからいいけど、うるさい先輩５人には一刻も早く引退してもらいたい。
「まあ、あらかた去年の合宿と変わらないから。練習メニューも合宿所も一緒だよ。ただ、例年より１年が多い分、マネージャー不足になってる」
 最後のひと言に、嫌でも反応してしまう。
 つーか、１年が多いのは５月の段階でわかってたことだろ……。用意できる期間は十分にあったはずだ。
 サッカー部は人気があるからすぐにマネージャーも集まる、とかほざいていた無能な先輩たちを睨みつける。
 結局集められてないじゃん……。先輩たちに任せた俺もバカだったけど。
 途中このままじゃまずいと、俺が男子マネージャーを１人勧誘し、朝日も女子マネージャーの勧誘に回った。

まあ、それでも急すぎて最低人数が集まらなかったから、こんなことになってるんだけど。
「そこで、１年の富里紗奈さんと小森莉子さんが急遽臨時マネージャーとして来てくれるそうなんだ」
　キャプテンの言葉に、ミーティング室が一斉にざわつく。
　それに舌打ちをしたくなったのを、必死に我慢する。
「え!!　小森莉子って、保健室の!?」
「ヤバい!!　俺１度でいいから間近で見てみたかったんだよな!!」
　あー……鬱陶しい。
「でも湊の彼女だろ?」
「いやいや関係ないっしょ!　いてくれるだけで眼福じゃん!?」
「富里ちゃんって子も、すっげー美人な子じゃね?」
「やベー!　合宿だるかったけどやる気出てきたー」
　至極浮かれている部員たちの言葉に、ブチブチッと頭の何かが切れる音がした。
「白川と瀬名が説得してくれたみたいだから、みんな２人に感謝して……」
「待ってください」
　そう言ってゆっくりと立ち上がると、その場にいた部員の視線が俺に集まった。
　牽制……というか、先に忠告しておかないと。
「人手が足りないから仕方なく呼んだだけで、莉子は別に、マネージャーってわけじゃないんで」

莉子は俺のだ……って。
「雑用とか、極力部員と関わらない係割り振ってください。俺の彼女なんで、最低限の会話だけでお願いします」
　莉子が可愛くねだってくるから許したけど、他の部員の世話をするのを許した覚えも、許すつもりもない。
　ていうか、あんな可愛いこと言われたら……ダメって言えるわけない。
　ちゃんと莉子にも条件をつけて、呑んでもらったから、部員たちにもわかっていてもらわないと。
「なに言ってんだよ湊ー！」
「お前あんな可愛い子独り占めしてんじゃねーぞー!!」
「そーだそーだ!!」
　まぁすぐに聞き入れてもらえるとは思わなかったけど、ここまで文句を言われるとも思わなかった。
　つーか、この人たちに文句言う権利、ないだろ？
　まず、文句言うってことは……。ちょっとでも莉子と接触しようって思ってるってこと？
「……うるせーな」
　さっきからの鬱憤が、限界に達した。
　俺の一声に、騒がしかった周囲がシーン……と静まる。
「先輩もいるから下から頼んでやってんだろ。文句あんなら直接言えよ、きっちり聞いてやるから。……その代わり、五体満足で帰れると思うなよ」
　言い出したら止まらなくて、ペラペラと言葉を並べる。
　莉子に関してのことなら、俺は容赦しない。

冗談なんて１ミリもない。

俺から莉子を奪おうとするヤツがいるなら、徹底的に迎え討つ。

そう思いを込めて言うと、もう誰も異論はないみたいだった。

完全に黙り込んだ部員たちを見てホッとする。

わかってくれたみたいでよかった。

一応同じ部のメンバー。恋愛沙汰で仲が拗れるようなことには、なりたくないし。

「……久しぶりに激おこ湊見たわ……」

「こわぁい」と女の真似をしてニヤニヤ笑っている朝日。

面倒くさいなと思い睨みつけると、楽しそうにケラケラ笑い声をあげる。

「あ、ちなみに紗奈ちゃんにも手出し無用でお願いしま〜す。俺も相手の男殴りたくなるんで」

……いや、お前もキレてんじゃん。

こいつは本当に食えないヤツだなと思いながら、深いため息をついた。

「あいつらやべーじゃん……」

「俺らのこと先輩と思ってねーぞ……。もっと敬えよ……」

先輩たちのそんな会話が聞こえてきたけど、今は無視させてもらおう。

「えーっと……。それじゃあ、マネージャーは臨時で来てもらえるってことで、練習試合の時間帯について──」

そのあとミーティングは滞りなく進み、その場にいた全

員が、合宿の情報を共有した。

　あー……。疲れた。
　部活が終わり、急いで莉子の待つ保健室へと向かう。
　なんか今日は、どっと疲れがたまった気がする……。
　部員たちが面倒くさすぎるのもそうだし、合宿中のことを考えたら気が気じゃない。
　そんなことを考えながら、保健室の扉を開ける。
　すぐに、椅子に座りながら何かを書いている莉子の姿が目に入った。
「莉子」
　相当集中していたのか、名前を呼ぶと、ビクッと肩を震わせて俺のほうを見た莉子。
「あっ……湊先輩！　部活お疲れ様です！」
　俺の顔を見るや否や、顔をふにゃりと緩めた。
　机の上にあった筆記用具をカバンにまとめ、走ってきてくれる。
　あー……癒される。
　莉子の笑顔１つで、部活での疲れが吹っ飛ぶようだった。
「莉子もお疲れ様。委員の仕事終わった？」
「はいっ！　終わりました……！」
「じゃあ帰ろ」
　小さな手を取り、先生に帰りの挨拶をして保健室をあとにする。
　莉子があまりにも可愛いことを言うから、渋々合宿の参

加を許可したけど……。
　……部員たちの喜びようからして、やっぱり心配は尽きない。
　莉子はこの高校で有名人だし、部員の反応は想定内だったけど、それでも気に入らなかった。
　極力喋らないようにといっても、限度があるし……。
「湊先輩、ちょっと疲れてますか……？」
　そんなことを真剣に考えていると、莉子が横から俺の顔を覗き込んできた。
　見透かされたみたいで、ドキッと心臓が跳ねる。
「え？　なんで？」
「えっと……なんとなく、そう見えて……」
「まあ、今日の部活はちょっと疲れたかも」
　嘘をつく必要もないと思い、正直にそう零した。
　疲れたとか、なんかかっこ悪いけど……。
「ちょっとだけ、こっちに来てください」
　ん？
　なんだ、手引っ張って……。
「……莉子？」
　莉子に誘導されて、廊下の隅の人目につかない場所へと連れてこられた。
　こんなところに連れてきて、どうした？
　不思議に思い莉子をじっと見つめると、莉子はなぜか、恥ずかしそうに頬を赤く染めている。
「じ、じっとしててくださいね……？」

とりあえず言われるがままじっとしていると、次の瞬間ぎゅっと小さな身体が抱きついてきた。
　……っ、え？
　突然のことに驚きすぎて、心臓が止まるかと思った。
　莉子……。何してんの……!?
「……ど、どうですか？」
「どうって……」
「ハグをすると、ストレスが減るってテレビでやってたのを見て……。それで、あの、少しでも……」
　もしかして……俺の疲れを癒そうとしてくれたのか？
　……何それ、可愛すぎ……。
「……足りない」
「え？」
「今日すっげー疲れたから、もっとして」
　あまりの可愛さに、もう全身の血が騒いでいるみたいで、心臓はうるさいほど高鳴っていた。
　あーもう……。何これ……愛しすぎるだろ……。
「ふふっ、はい。いくらでも」
　そう言って、更にぎゅーっと抱きしめてくれる莉子。
「お疲れ様です……湊先輩」
　よしよしと背中を撫でられ、疲れなんて全部吹っ飛んだ。
　うまく言葉にできないけど、今日はすごく、莉子に愛されているって実感できた日かもしれない。
　お昼休みのことといい、今といい……。
　俺が思っている以上に、莉子は俺のことを好きでいてく

れているんじゃないかって……自惚れだとしても、そう思った。
　こんなにも可愛くて愛しくてたまらない彼女が、俺を想ってくれている。
　それだけで……俺はどこまでも幸せになれる。
　心配なんか、いらないか。
　たとえ誰が莉子に近づいたとしても、俺が守ればいい。
　この強く抱きしめたら壊れてしまいそうな華奢で小さな小さな莉子を……これから先もずっと、俺が守りたい。
　守っていくんだ……。どんなときも。
　そう心に誓って、握る手に力を込めた。

【side 湊 end】

「……見せつけてんの」

　私と紗奈ちゃんは今、サッカー部の部室に来ている。
　……というのも、合宿が明日に迫り、今日はその説明が行われているのだ。
「市の合宿施設を貸してもらって、２泊３日の強化合宿を行います。従来のマネージャーに加え、１年生２人も協力してくれることになったので、みんなでサッカー部のサポート頑張りましょう！」
　顧問の先生の説明に、その場にいたマネージャーさんたちが「はーい」と少しだるそうに返事をする。
　体育会系って、もっとビシ！　シャキ！　みたいなのを想像していたけど、結構ルーズな感じ……なのかな？
　それに、マネージャーさん７人もいるけど……。お、多いほうじゃない……？
　人数が足りないって言っていたから、勝手に２、３人くらいかと思ってた……。
　部員が40人弱で……。
　……いや、やっぱりマネージャーさん、多くないかな？
　そうは思ったものの、聞くのも失礼なので、何も言わないでおいた。
　説明が終わり顧問の先生が出ていったあと、渡された資料を紗奈ちゃんと確認していると、マネージャーの先輩が私たちのほうへ来てくれた。

「初めまして、2年の篠山です」
「こちらこそ、初めまして……！」
　紗奈ちゃんと2人でぺこりと頭を下げる。
「参加してくれてありがとう。莉子ちゃんと紗奈ちゃんって呼んでもいいかな？」
「はいっ……！」
　大きく首を縦に振ると、隣の紗奈ちゃんも同じく頷いた。
「ありがとう。あたしのことも、好きに呼んでね！　それにしても……」
　なぜか、私のほうを見ながらじっと固まった篠山先輩。
「保健室の天使って、どんなものかと思っていたけど……ほんっとに可愛いわねあなた……」
　まじまじと見つめられながら言われた言葉に、目を見開いた。
「え!?　……か、かわ……？」
「瀬名くんが夢中になるのも、納得だわ」
　な、なに言ってるんだろう……！
　可愛いなんて、あるはずないのにっ……。それに……。
　湊先輩が、夢中って……？
　もしかして、先輩が何か言ったのかな……？
　恥ずかしいけど、なんか嬉しい。
　第3者に言われるのは、また違う嬉しさがあった。
「あの瀬名くんが骨抜きだって、すごい噂だよ？」
「そ、そうなんですか……？」
「あ、安心して！　サッカー部のマネージャーは、瀬名く

んのこと狙ったりしてないから！　女嫌いは筋金入りみたいだし、女子マネが用意したタオルすら絶対使わないから、あの人！」
　え？　湊先輩、そこまで徹底しているの……？
　女嫌いは相変わらずといつも言っているけど、まさかマネージャーさんとの接触すら避けているなんて……。
　部活動、大変じゃないのかな？
　あ、でも男のマネージャーさんもいるって言ってたし、平気なのかな？
「瀬名くんのことは、みんなハナから諦めてるっ……ていうか……」
　その言葉に、少しホッとしてしまう。
　正直、湊先輩はモテモテだから、女嫌いといえども、いつもどこか不安があった。
　マネージャーさんといる時間のほうが、私といる時間より絶対的に長いだろうし……。
　だから、よかった……。
「まぁ……マネージャーになる子は基本、キャプテンか朝日狙いかな？」
　ホッとしてる私の隣で、紗奈ちゃんがビクッと反応した。
　篠山先輩は、ちらりと、なぜか意味深な表情で紗奈ちゃんのほうを見る。
　というか今、"朝日"って呼び捨てで呼んでた……？
　２年生って言っていたから、篠山先輩と朝日先輩は同い年なんだろうけど……。なんだか、親密さを匂わせるよう

な言い方……。
　紗奈ちゃん、大丈夫かな……？
　心配で、ちらりと横目で顔色を窺うように見る。
　視界に映った紗奈ちゃんは、私の心配とは裏腹に、平然とした表情を浮かべていた。
「はい、朝日先輩が人気なことくらい知ってます」
　それが何か？とでも言いたげな表情の紗奈ちゃんに、篠山先輩は一瞬悔しそうな顔をした……ように見えた。
　え？　……え？
「……そ、まあ有名だもんね」
　な、なんだろう、この険悪なムード……！
　紗奈ちゃんと篠山先輩の間に、見えない火花が散っているように見える……！
　どうしよう……な、何か別の話題でも振って……。
　1人であたふたしていると、部室の扉が開いた。
　誰か来てくれた……助かった……！と思ったのもつかの間。入ってきた人物に、私はごくりと息を呑んだ。
　——どう、して……？
「あれ？　合宿の説明終わっちゃった？」
　そう言って、入ってきた見覚えのありすぎる人物。
「キャプテンお疲れ様でーす。バッチリ終わりました！」
　え？　キャプテン……？
　篠山先輩の言葉に、目を大きく見開いた。
「ごめんね……全部任せちゃって」
　申しわけなさそうにしながら、私たちの前に立ったその

人は、にっこりと笑顔を浮かべて口を開いた。
「初めまして、サッカー部キャプテンの宮口 淳一です。合宿中はどうぞ、よろしくお願いします。……って、莉子ちゃんとは初めましてじゃないよね」
どきり、と心臓が大きく飛び跳ねる。
そう、宮口先輩と私は、全然初めましてじゃない。
「は、はいっ……！ お久しぶり、です……」
とにかく返事をしなきゃと思い、そう言って頭をさげる。
そんな私を見ながら、宮口先輩は困ったように笑った。
「そんなに身構えないで。瀬名から話は聞いてるから。『俺の彼女なんで近づかないでください』って、部員に牽制してたよ？」
「えっ……」
み、湊先輩が、そんなこと……。
でも、それを私に言ってくるってことは……。
——宮口先輩にはもう、そういう気持ちはないってことだよね……？
「ふふっ、まあそれは置いといて、合宿中わからないことがあればなんでも聞いてね。それじゃあ俺は部活に戻るよ」
そう言い残して、足早に去っていった宮口先輩。
紗奈ちゃんに気づかれないよう、ホッと胸を撫で下ろす。
「あ！ あたしもそろそろ仕事に戻らなきゃ。明日は朝の６時に学校集合だから、よろしくね！」
宮口先輩に続いて、篠山先輩も部室をあとにした。
ガクッと肩の力が抜けた気がして、近くの椅子に座る。

はぁ……びっくりした……。
「莉子、知り合い?」
「っ!」
　バレてないと思っていたのに、どうやら何か勘づいたらしい紗奈ちゃんにそう聞かれた。
「えっと……1学期に、保健委員で一緒で……」
　うん、嘘はついてない、よね……。
「あー、なるほどね。あたしも宮口先輩なら知ってるよ。超有名人だし」
「そ、そうなの?」
　宮口先輩って、有名人だったんだ……。
　でも、確かに委員会の中でも人気だった気がする。
「サッカー部3強の1人じゃない!　朝日先輩、瀬名先輩、それから宮口先輩!」
「3強って……?」
「実力もだけど、まぁ顔ね!　顔の強さよ!!」
「そ、そうなんだ……」
　ルックスの3強って……なんだかすごいな……。
　確かに、宮口先輩はとても整った顔立ちをしている。
　落ち着いていて大人っぽくて、いつも物腰やわらかくて、女の子にも優しいからモテていたし……。
　……だからこそ、驚いたんだ。
　あれは1学期の終わり頃。
『莉子ちゃんのことが好きなんだ。僕と、付き合ってくれないかな?』

宮口先輩から突然告白されたことに——。
まさに、青天の霹靂だった。
そのときは、突然のことに驚きすぎて、なんて断ったのかもよく覚えていない。
「どうしたの、浮かない顔して」
紗奈ちゃんの声に、ハッと我に返る。
「ううん……！　なんでもないよ！　合宿、頑張ろうね！」
慌てて笑顔を作ってそう言うと、紗奈ちゃんも「そうね」と返してくれた。
なんとか誤魔化せてよかったと思いつつ、私の胸の中はずっと、ざわついていた。

合宿当日は、サッカー部の部室前に集合だった。
遅刻してはいけないと思い、40分前に来てしまった。
ちょっと早く来すぎちゃったかな……。
そう思いながらも、部室前に向かう。
「あれ？　莉子ちゃん？」
……っ、え？
背後から声が聞こえて、反射的に振り返った。
そこにいたのは——。
「おはよう。早いね、莉子ちゃんらしいや」
……優しい笑みを浮かべる、宮口先輩だった。
どきりと、心臓が嫌な音を立てる。
どうしよう……宮口先輩と、２人……。
「……そんな身構えないで。莉子ちゃんが瀬名と付き合っ

ていること、ちゃんとわかってるから」
　私が考えていることを察したのか、宮口先輩が困ったように笑って言った。
「もう変なこと言ったりしないから、ね？　避けられると、悲しくなる」
　本当に悲しそうな宮口先輩の姿に、胸が痛む。
　そして、１学期の保健委員では、宮口先輩にたくさんお世話になったことを思い出した。
　私……もしかしたらすごく宮口先輩を傷つけてしまったかもしれない……。
　告白されただけで、何かされたわけじゃないのに……。勝手に、あれ以来宮口先輩のことを避けていた。
　すごく親切に、優しくしてもらったのに……最低だ。
「ご、ごめんなさいっ……！」
　罪悪感でいっぱいになって、思わず頭を下げた。
「ふふっ、謝らなくていいよ。俺も卑怯な言い方したね」
　宮口、先輩……。
「合宿中は、臨時マネージャーとキャプテンとしてよろしくね？」
　人のよさが滲み出ているような宮口先輩の笑顔に、胸の奥がじんわりと温かくなった。
「はいっ」
　自然と溢れた笑顔を向けると、宮口先輩も嬉しそうに笑ってくれる。
「よかった。笑ってくれて」

「え?」
「莉子ちゃんは笑顔が一番だよ」
　私……酷い態度取っていたのに、宮口先輩はなんていい人なんだろう。
　告白されたことなんて、もう過去だよね。
　こんないい人なんだから、今はきっと素敵な恋人ができているだろうし……。
　あのことはもう忘れよう。
　前みたいに、先輩と後輩として、仲良くしたい……。
　私は人として、宮口先輩のことが大好きだったから。
「おーい、キャプテーン!」
　遠くから、宮口先輩を呼ぶ声が聞こえた。
「あ、他の部員も来たのかな。先にバスに荷物詰めに行こうか?」
　宮口先輩の言葉に大きく頷いて、2人で歩き出した。

　集合20分前になると、ちらほらと部員さんが集まり始めた。
　湊先輩、まだかなぁ……。
　そう思っていたとき、背後からとんっと背中を押され、驚いて振り返る。
「莉子、おはよ」
　甘い笑顔の、湊先輩と目が合った。
　あまり見ないジャージ姿に、胸がときめく。
　スタイルがいいから、ジャージでさえも様になっている。

「おはようございますっ！」
「もう来てたんだ」
「はいっ」
「莉子より先に来ようと思ったのに……先越された」
　そう言って、大きなあくびをした湊先輩。
　気の抜けた姿が可愛くて、思わず頬が緩んでしまう。
「昨日はよく眠れましたか？」
「うん」
　朝早いから、まだ寝足りないって様子だけど、眠れたみたいでよかった。
　私も昨日は早くに寝たから元気いっぱいだ。
「……莉子、なんかいいことあった？」
「え？」
　突然の質問に驚きながら、首を傾げた。
「機嫌いいなって思って」
「そうですか？」
　もしかしたら、宮口先輩と仲直り……というより、前のように戻れたからかもしれない。
　正直、宮口先輩と会ったら気まずいなとか、嫌われているかもしれないとか、そんなことばかり考えていたから。ホッとして、気が抜けたんだと思う。
「まあ、莉子が楽しそうならなんでもいいけど」
　そう言って笑った湊先輩が、後ろからぎゅっと抱きしめてきた。
　突然のことに、バランスを崩し先輩にもたれかかるよう

な体勢になってしまう。
　周りにいた部員さんたちの視線が、私たちのほうに集まったのがわかった。
「み、湊先輩、みんな見てますよっ……！」
「……見せつけてんの」
　え、ええっ……！
　恥ずかしいから逃れようともがくほど、湊先輩が抱きしめる力を強めてくる。
　結局先輩に捕まったままだった私は、登校してきた紗奈ちゃんと朝日先輩によって救出された。
　そしてこれから、サッカー部の２泊３日の賑やかで楽しい合宿が始まる──。
　はず……だった。

「俺以外の男見すぎ。喋りすぎ。触りすぎ」

【side 湊】

　俺は今、とても機嫌が悪い。
「……はい、終わりました！　これでもう大丈夫ですよ」
「あ、ありがとうございます……！」
「一生懸命頑張るのは素敵なことですけど、ケガはしないように気をつけてくださいね！」
「は、はい……！」
　ランニング中の俺の、視線の先。
　莉子が献身的にケガ人の手当てをしているその姿に、苛立ちが抑えきれない。
　どうして莉子がこんな仕事をしているかというと、ことの発端は1時間前に遡る。
　もともと、この合宿には保健の先生も来る予定だった。
　しかし熱を出して急遽欠席することになり、誰かがテントに待機しケガ人の手当てをしなければならない……という話になったとき。
『私、大方の手当てはできます……！』
　保健委員として有名な莉子の立候補に反対するものはおらず、むしろ賛同の声があがるあがる。
　結局莉子が担当になり、普段そこまでケガ人が出ない練習中にケガ人が続出していた。

続出という言い方には語弊(ごへい)があるか。
　正しく言えば、普段は無視するような軽傷でも、手当てを求めるヤツが続出しているということだ。
「いてて……。あー、足ケガしちゃったな、これ……」
「俺もさっき捻ったところ痛いんだよな……」
「あとで診(み)てもらう？」
「……だな。念のためにちゃんと診てもらわないとな」
　わざとらしく痛がっている、前を走る２年の部員の姿に、ミシッと血管が切れる音が聞こえた。
　何がケガだよ、ピンピンしてんだろ。
　その程度で痛がるなら、サッカーなんかやめろ。
「おい」
　背後から近づいて、声をかけた。
　自分でも驚くほど低い声が出て、相手の部員２人もビクッとわかりやすく肩を震わす。
「……ひっ！　な、なんだよ瀬名……」
　振り返ったそいつを睨みながら、俺は口を開いた。
「ケガしてんなら来い。俺が診てやるから」
　俺も、軽傷の手当てくらいできるぞ。
　莉子の手を煩(わずら)わせるな。
「い、いや？　なんか痛くなくなってきたわ」
「お、俺も。気のせいだったみたい……！」
　乾いた笑みを浮かべ、ペースを落とし俺の後ろへ回った２人。
　あー……。どいつもこいつもムカつく。

裏方に回るって約束だったのに、こんなの一番部員と接する役割じゃないか。
　莉子に集まる視線を、すべて遮断したい。
　正直、心配で部活どころじゃなかった。
　ランニングメニューを終え、つかの間の休息を取る。
　タオルとボトルを取って莉子の元へ行こうと思ったとき、莉子が誰かと楽しそうに話している姿が目に入った。
　……なんでキャプテンと仲良くなってんの……。
　ずいぶんと会話に花を咲かせているようで、2人とも笑顔で顔を合わせている。
　今の自分の不機嫌度をグラフに表すなら、もう範囲を突き抜けているだろう。
「瀬名先輩、目つきが犯罪者みたいになってますよ」
　……は？
　背後から声がして振り返ると、そこには呆れた表情の富里が立っていた。
「別にただ喋ってるだけなんですから、そこまで嫉妬しなくても」
「朝日、ずっとマネージャーの篠山……だっけ？に付きまとわれてるけど、お前はいいの？」
「正直めちゃくちゃムカついてます!!」
「……あっそ」
　お前も人のこと言えないじゃん……。と思いつつ、言わないでおいた。
「それにしても、莉子とキャプテンか……」

楽しく話す２人を見て、富里が不思議そうに首を曲げる。
「あの２人、すっかり仲良しですね……。どうしてだろ」
　その言い方が、やけに引っかかった。
「どうしてって？」
　どういう意味？
「いや……。この前まで、よそよそしかったというか……。なんかあったっぽかったんですよね。莉子がちょっと怖がってたみたいな感じだったから……」
「なんかあった……？」
　怖がってたって、どういうことだ？
　目を細めた俺を見て、富里が難しそうな表情をして「うーん」と唸る。
「あたしも詳しいことは知らないんですよね……。なんとなくそう思っただけなんで。ただ、さっきからずいぶん仲良さそうだから、わだかまりでも解けたのかなって」
　胸の中がざわつくという表現が正しいのか、とにかく嫌な予感しかしなかった。
　２人の間に、俺の知らない何かがある。
　そう思うだけで、どうしようもない嫉妬に駆られた。
　１人で悩んだって仕方がないので、聞きに行こうと１歩足を踏み出したとき、タイミング悪く莉子がぺこりと頭を下げ、キャプテンから離れていく。
　すると、キャプテンがこっちに向かって歩いてきた。
「あ、瀬名。どうしたの？　休憩中？」
「……はい」

俺と目が合って、にっこりと笑顔を浮かべるキャプテン。
　この人のことは、別に嫌いじゃなかった。
　物分かりがいいし、静かだし、なんの害もないからだ。
　物腰もやわらかくて、いつも笑顔で優しい人。
　……っていう、印象だったのに……。
　今はこの笑顔が、胡散くさく思えて仕方がなかった。
「……キャプテン、聞きたいことあるんですけど」
「ん？　何？」
「莉子と、前から顔見知りだったんですか？」
　俺の質問に、キャプテンは惚けるような表情をした。
「あれ？　莉子ちゃんから聞いてない？」
　……何、その言い方。
　まるで莉子が、意図的に言ってないみたいな……。
　2人の間に、何かがあったみたいな言い方。
「何を？」
　無性に腹が立って、キャプテンを睨みつけた。
「んー、いや、僕の口から言うのも変かな……」
　まどろっこしいな……。ていうか、言い方が意味深なんだよ。
　あー……ムカつく。
　俺の知らない莉子を、こいつが知っていることが。
「なんなんですか、はっきり言ってください」
　強めの口調でそう言うと、キャプテンはにっこりと微笑んだあと、スッと顔から笑みを消す。
「前に、告白したんだ」

「……は?」
　キャプテンの言葉に、驚かずにはいられなかった。
　覚悟はしていたというか、キャプテンが莉子に気があるのはなんとなくわかっていたけど……。
「もちろん振られたけどね」
「いつですか、それ」
「7月。1学期さ、委員会が同じだったんだよ、僕たち」
　知らない。聞いてない。
　別に俺に言わなきゃいけない決まりなんてないけど、それでもひと言、言ってほしかった。
　ただのわがままだって、わかってるけど。
「安心してよ。2人が付き合ってること知ってるし、かき乱すつもりないから」
　当たり前だろ。つーか……。
「……もう好きじゃないからとは言わないんすね」
　遠回しな言い方を指摘すると、また意味深な笑みを浮かべたキャプテン。
「うん、それは言えないかな」
　返ってきた言葉に、小さく舌打ちをした。
　なんで、こんな腹が立つことばっかり重なるんだろう。
　俺、感情の波はあまりない人間のはずだったのに……。
　俺はただ、莉子といたいだけなのに、どうしてこうも邪魔者が多いんだ。
　女なんか、この世にごまんといる。
　でも、俺は莉子だけなんだ。

俺には莉子しかいないから……。
誰にも、奪われたくない──。
そう思えば思うほど、嫉妬でどうにかなりそうだった。

　その日の練習が終わって、俺はすぐに片付けをしている莉子の元へ向かった。
　ボトルやタオルの整理をしていたのか、控え室で１人作業をしている莉子を見つける。
「莉子」
　そう名前を呼ぶと、莉子はすぐに振り向いて、俺のほうを見た。
「湊先輩！　お疲れ様です！」
　ふにゃっと、気が緩むような笑顔を向けられ、さっきまでの苛立ちが吹っ飛ぶ。
　聞きたいことも言いたいこともたくさんあるのに、『可愛い』という言葉で脳内が埋め尽くされた。
　たまらずに抱きしめると、莉子は「どうしたんですか？」と上目遣いで見つめてくる。
　そんな可愛い顔……。俺以外に見せないで。
「……約束破りまくり」
「え？」
「俺以外の男見すぎ。喋りすぎ。触りすぎ」
「えっ……あ、あの……」
　こんなかっこ悪いことは言いたくないと思いつつ、口に出してしまったものは取り消せない。

俺の言葉に、莉子が困ったように眉の端を下げた。
「ごめんなさい……」
　違う、莉子が悪いんじゃない。
　俺が……。こんな、独占欲(どくせんよく)まみれのわがままな男だから。
「謝んなくていいから、俺の機嫌取って」
　甘えるように、莉子の首筋に顔を埋めた。
　甘い匂いが、俺の理性を刺激する。
「ふふっ、はい……」
　俺の頭を優しく撫でてくれる手が愛しい。
　俺だけに向けられたこの笑顔を、いつまでも独り占めしたいと願ってしまう。
「機嫌、よくなりましたか？」
「もう少しこうしてたらよくなる」
「はいっ」
　面倒くさい俺に呆れもせず、莉子はずっと頭を撫でてくれた。
「サッカーしてる湊先輩、すごくかっこよかったです」
　え？
「近くで湊先輩のこと見られて、合宿に来てよかったなって思いました……ふふっ」
　そんなことを言われたら、自惚れてしまいそうになる。
　莉子も俺のこと、結構好きでいてくれているのかもって。
「なぁ、莉子」
　埋めていた顔を上げ、莉子を見つめる。
「はぁい？」

「……キャプテンと、なんかあった？」
 少し浮かれていたからか、思わず聞いてしまった。
「……え？」
 莉子の目の奥に、一瞬迷いのようなものが見えた。
「ど、どうしてそんなこと聞くんですか……？」
「……なんとなく。仲いいなって思って」
 きっと言ってくれるはずだ。
 昔、告白されたけど、今はなんともないって。
 正直に、話してくれるはずだ。
「宮口先輩とは、前期に保健委員でお世話になったんです。それだけですよ」
 ……莉子？
「ほんとに？　それ以外に何もない？」
「……はい、ないです」
 笑顔でそう言う莉子に、頭を殴られたような衝撃が走る。
 なんで……隠すの？
 つーか、なんで嘘つくんだよ……。
 やましいことでも、あるってこと……？
「……へぇ、莉子って嘘ついたりするんだ。知らなかった」
「……え？」
 ビクッと、わかりやすく肩を震わせた莉子。
「告白されたんでしょ？　キャプテンに」
「……っ！」
 反応からして、意図的に嘘をついたことは明白だった。
「何その図星って顔」

「あ、あの……。それは……」
　いったいどんな言いわけが聞けるんだろうかと、視線を合わそうとしない莉子を見つめる。
　なぁ、何か言って。
　俺、言いわけでもなんでも聞くから。
　嘘ついたのだって、なんか理由があるんだよな？
　莉子の言い分を待っていた俺に届いたのは……。
「……ごめん、なさい……」
　申しわけなさそうな、謝罪の言葉だった。
　──ああ、もうわからない。
　莉子が何を考えてんのかも、わかんなくなってきた。
「別にいいよ。ていうか、昔告白された男と仲良くするとか、俺にはちょっとわかんない」
「……」
「仕方ないか。俺は女ダメだけど、別に莉子は男嫌いってわけじゃないし、他のヤツとも話したいよね。今日も、部員たちとも楽しそうにしてたし」
　思ってもいない言葉が、口から零れて止まらない。
　こんなこと言いたくもないのに、言わずにはいられなかった。
「湊先輩、あの……」
「なんか、最初の約束どうしたんだろうって思って。別にもうどうでもいいけど」
「先輩、話をっ……」
「俺、部屋戻るから。じゃーね」

一方的に話を切って、莉子を残して控え室から出た。
　行く当てもなく廊下を歩き、ハッと我に返って立ち止まってしゃがみ込んだ。
「何やってんだ俺……。子供かよ……」
　最悪だ……。
　絶対莉子のこと傷つけた。
　控え室を出ていく直前に見えた、莉子の顔。
　酷く傷ついた表情が、頭から離れない。
　勝手に嫉妬して、酷いこと言って。あんな顔させて、最低だ。
　でも……なんで？
　あんな嘘つくんだよ……。
　考えても莉子の意図がわからなくて、頭を抱える。
　こんなことになるなら、やっぱり合宿になんて連れてくるんじゃなかった。
　意地でも参加はダメだと言えばよかった。

【side 湊 end】

「もう嫌だって言ったって、離さない」

「なんか、最初の約束どうしたんだろうって思って。別にもうどうでもいいけど」

　違う……。違うんですっ……！

「先輩、話をっ……」

「俺、部屋戻るから。じゃーね」

　私は、ただ……。湊先輩に、余計な心配をかけたくなかっただけ。

　そう言いわけする暇すら与えてくれず、湊先輩が控え室から出ていくのをただ見つめることしかできなかった。

「私……最低だっ……」

　１人きりになって、その場にしゃがみ込む。

　どうしよう……まさか、湊先輩があのことを知っていたなんて思わなかった。

　余計な嘘なんて……。つくんじゃなかった。

　別に、やましいことなんて１つもない。

　むしろ、ないからこそ言わなかったんだ。

　今は合宿中で、私はその手伝いに来てるんだから、湊先輩にはサッカーに集中してもらいたかった。

　そうしてもらうために、来たのに。

　告白されたなんて言ったら、キャプテンと湊先輩が気まずくなっちゃうんじゃないかなって……湊先輩の足枷にはなりたくなかったから……。

でも、結局余計な心配をかけてしまった。
　自分のバカさに嫌気がさして、溢れたため息は静かな室内によく響いた。
　次会ったら……ちゃんと、謝らなきゃ……。
　さっきの、冷めた目をした湊先輩を思い出す。
　湊先輩にあんな表情を向けられたのは、初めてだった。
　いつも、大事にされているんだって思わせてくれるような優しい瞳だけを向けてくれていたのに……。
　そんな湊先輩を怒らせてしまうなんて、私は彼女失格だ。

　夕方から作り始めたカレーを、マネージャーたちで配膳する。
　時刻は夕方の6時30分。部員さんたちはとてもお腹をすかせている様子だった。
「このカレー美味い‼」
「マジで美味しい……！　おかわりしよーっと」
「俺も！」
　美味しそうに食べてくれる部員さんたちに、ホッと胸を撫で下ろした。
　味付けや献立は私が担当だったから、正直不安だった。
　美味しいって言ってもらえて、よかった……。
　湊先輩は、まだ来てないなぁ……。
　そんなことを思っていたとき、もう食べ終えたらしい3年生の部員さんたちが食器を戻しに来る。
　そのなかに、宮口先輩の姿もあった。

食器を戻した宮口先輩は、笑顔で私の元へ来てくれた。
「これ、莉子ちゃんが作ったの？」
　さっきのこともあり、少し気まずいけれど、笑って頷く。
「はいっ。マネージャーの皆さんと作りました」
「僕、カレーってどこの食べても味変わらないと思ってたんだけど、今日のカレーは本当に美味しかった」
　宮口先輩の言葉が、素直に嬉しかった。
「ありがとうございます……！　嬉しいです！」
　そう言って笑顔を向けたとき、視界の端に湊先輩の姿が見えた。
　思わず目で追うと、バッチリと目が合ってしまった。
「……っ、あ」
　逸らされ……ちゃった……。
「……？　どうしたの？　浮かない顔してるけど……」
　宮口先輩の言葉に、慌てて首を振る。
「い、いえ……！　私、そろそろ後片付けに行きますね！」
「ありがとう。仕事もほどほどにして休んでね」
　こくりと頷いて、逃げるようにその場を去った。
　私がここにいたら……湊先輩、ご飯食べられないだろうし……。
　それに……目を合わせたくないほど、嫌われちゃったってことだよね……。
　謝らなきゃいけないけど、今はダメだ。
　悲しくて、涙が止まらなくなる。
　私が悪いんだから、泣く資格なんてないのに……。

そう頭では理解しているけど、溢れる涙を止められなかった。
「りーこちゃんっ」
　……え?
　後ろから声が聞こえて、慌てて振り返る。
「……あ、朝日先輩!　お疲れ様です!」
　視界に映った朝日先輩の姿に、涙を拭って笑顔を作る。
　こんなところで泣いていたら、きっと変に思われちゃうっ……。
「お疲れ」
「ど、どうしたんですか?」
「あのさ、湊とケンカでもした?」
　ビクッと、あからさまに反応してしまった。
　ど、どうして知っているんだろうっ……。
　……もしかして、湊先輩に何か聞いたのかな……?
「……ケンカというか……私が一方的に怒らせてしまったんです……」
　非があるのは私で、原因も全部私にあるんだから……。
「んー、理由はなんとなくわかってるけど、別に莉子ちゃんが悪いわけじゃないでしょ!　どーせ湊が1人で抱ねてるんだろうし!」
「あいつはほっといて大丈夫だよ!」と笑って言ってくれる朝日先輩に、慌てて首を横に振った。
「湊先輩は、なんにも悪くないんです……」
　本当に、全部私が悪くて……。

思い出したら泣きそうになって、ぐっと堪えるように唇を噛みしめる。
「……莉子ちゃんはいい子だね。湊には勿体無い」
　朝日先輩の優しい言葉が、今はただ苦しかった。
「なんかあったら、キャプテンじゃなく俺に相談しな。いつでも相談乗ったげるから」
「朝日先輩……」
「俺ら同盟でしょ？」
　パチンッとウィンクをした朝日先輩に、少しだけ気持ちが楽になった。
　ありがとうございます、朝日先輩……。
　私も、うじうじするのはやめよう。
　今は合宿のお手伝いに来ているんだから……。
　嫌われたって無視されたって……湊先輩の役に立てることをしよう。
　残りの２日も、頑張るぞ……！
　そう意気込んで、ぱちっと両頬を叩いて活を入れた。

　次の日、私は朝から一生懸命働いた。
　人手の足りないところへ行っては働いて、ボトルとタオルの補充は欠かさず確認して、ケガ人が出たら手当てをして……。
　湊先輩とはまだひと言も話せていないけど、少しくらいは力になれているといいな……。
　そんなことを考えていたら。

……なんだか、ぼぅっとしてきた。
　11月の初めで、暑くもないのに、変な汗が止まらない。
　寒いのに暑いって……変なの……。
「莉子ちゃん頑張ってるね」
　少しだけ仕事が落ち着き、座りながらぼぅっとしていると、頭上から誰かの声が聞こえた。
　顔を上げると、そこにいたのは宮口先輩。
「いえ……」
「朝から走り回ってくれてありがとう。ほんと、莉子ちゃんと富里さんが来てくれて助かったよ」
　そう言ってくれるのはとても嬉しいし、ありがたい。
　でも正直、今はそれどころじゃなかった。
　宮口先輩とは……あまり話さないほうがいいよね……。
　ただでさえ昨日、湊先輩を怒らせちゃったのに……。これ以上仲良くしたら、もっと誤解させちゃう。
　何もやましいことはないけれど、湊先輩に誤解されたくないから気をつけなきゃ。
　そう思いつつ、よくしてくれる宮口先輩を無下にもできない。
　どうしたものかと困っていた私に、救いの手が差し伸べられた。
「キャープテン！　サボりっすか？」
　グラウンドから、朝日先輩が走って来る。
「ちゃんと練習してくださいよ」
「ふふっ、ごめんごめん」

朝日先輩に戯れつかれ、困ったように笑う宮口先輩。
「そろそろ戻るよ。莉子ちゃんも無理しすぎないでね」
「はいっ……」
　申しわけないけど、正直宮口先輩がいなくなることにホッとした。
　ちらりと朝日先輩のほうを見ると、背中の後ろでピースサインをしている。
　きっと、この状況をわかってて助けてくれたんだ。
　あとでちゃんと、お礼言わなきゃっ……！
　そのとき遠くから、「手があいてるマネージャーいないー？」という声が聞こえ、急いで向かった。
「これ、洗濯回してー！」
「は、はい！」
「ここにラインお願いー！」
「はい……！」
　あっちに行きこっちに行きを繰り返し、走り回る。
「ちょっと莉子、働きすぎじゃない？」
　紗奈ちゃんが「休憩しなよ」と心配してくれて、にっこりと笑って見せた。
「ううん……！　大丈夫!!　私には、このくらいしかできないから……」
　せめて、何か手伝わなきゃ……。
　湊先輩の彼女がこんなダメなヤツって、思われたくないっ……。
「誰かここにボックス持ってきてー！」

「はーい!」
　言われるがまま、青いボックスを持ち上げる。
　わっ……お、重たい……。
　なんとか持ち上げて、おぼつかない足取りで運ぶ。
　なんだか、ほんとにぼんやりしてきたな……。心なしか、頭がフワフワするような……。
　……どうしよう、足が、ふらついてきた……。
「それ重たいでしょ?　貸して、僕が持っていくよ」
「あっ……」
　近くにいた宮口先輩がそう言って、ボックスを持ってくれた瞬間。
「……あ、れ……?」
　宮口先輩の姿が……傾いてる……。
　あっ……違う。
　私が……倒れてるんだ……。
「莉子ちゃん……!」
　バタン、と、辺りに大きな音が響いた。
　それが自分が倒れた音だと、なんとなくわかった。
　ダメだ……身体がいうこときかない……。
　もう、力、入んないや……。
「──莉子‼」
　遠くで私の名前を呼ぶ声が聞こえた。
　よく聞き慣れたはずの声なのに、久しぶりに名前を呼ばれた気がする。
　薄れていく意識のなか、やっぱりこの声が大好きだなぁ

と、思わずにはいられなかった。

「んっ……」
　ゆっくりと、視界が広がっていく。
　霞(かす)んでいた視界が少しずつはっきりして、白い天井(てんじょう)が映った。
「……あ、れ？」
　ここ、どこだろう……。
「莉子……！」
　声が聞こえて、横を見た。
「湊、先輩……」
　心配そうに眉の端を垂らし、私を見つめている湊先輩がいた。
　どうして、ここに……。
「よかった……！」
　よかった……？
　いったい、何が……。
「莉子が急に倒れたから……。びっくりした……」
「あ……。そっか、私……」
　辺りを見渡して、ここが休憩室だということがわかった。
　さっき、グラウンドで倒れちゃったんだ……。
　湊先輩、もしかしてずっとそばにいてくれたの……？
　……待って。
　今、何時……？
　慌てて近くにあった時計を見ると、最後に確認した時間

から、２時間も経っていた。
　私、２時間も寝てたのっ……？
「あ、あの……！　私はもう平気なので、湊先輩は練習に戻ってください……！」
　身体を起こして、湊先輩のほうを向く。
　貴重な湊先輩の練習時間を、無駄にしちゃったっ……。
　申しわけなくて、せめて一刻も早く湊先輩に戻ってもらおうと思ったのに、なぜか強く腕を引かれた。
　……っ、え？
「…………嫌」
「……みなと、せん、ぱい……？」
　どうして私……抱きしめられて、るの？
「……ごめん莉子。俺が悪かったから許して」
　私を優しくて抱きしめながら、耳元で囁いた湊先輩。
「あんな子供みたいなこと言って拗ねて、愛想つかされても仕方ないってわかってる」
　その声は、苦しそうに震えていた。
　ぎゅっと、私にしがみつくように、湊先輩は力を込めた。
「でも……俺には莉子しかいないから……。莉子しか、いらないから……。俺のこと、嫌わないで……」
　湊、先輩……。
　私、きっとすごく傷つけたのに、先輩から謝ってくれるなんて。
　無視されても仕方ないって思っていたのに……。湊先輩は優しすぎる。

「嫌ってなんかないですよ」
　私が先輩を、嫌えるはずないのに。
「……ほんとに？」
「はい。大好きです」
「……っ」
　まだうまく力が入らなくて、それでも精いっぱいの力で湊先輩を抱きしめ返す。
　先輩の身体が、ピクリと動いた。
「それに、謝るのは私のほうです……」
　湊先輩は謝ってくれたんだから……。私だって、ちゃんと言わなきゃ。
「宮口先輩のこと、隠すつもりじゃなかったんです……。でも、もう過去のことで、宮口先輩も私のことなんてとっくに好きじゃないと思ったから。私の口から言うのは変かなって思ったのと……」
　何よりも、嫌だった。
「湊先輩に、心配かけたくなかったっ……」
　邪魔にだけは、なりたくなかったんだっ……。
「莉子……」
「約束破って、他の部員さんとたくさん話してごめんなさい。私、湊先輩の彼女として、ちゃんとしなきゃって思って……。話しかけられても、ちゃんと答えて、サッカー部の皆さんにも、湊先輩の彼女だって認めてもらいたかったんです……っ」
　湊先輩の恋人なのに、こんなもんかって思われたくなく

て、先輩の顔に泥を塗るのは絶対に嫌だったから、私なりに頑張ったつもりだった。
「失礼のないようにって……。役に立てるならなんでもしようって思って、必死で……」
　自分の不甲斐なさに腹が立って、涙がこみ上げてくる。
　溢れ出したら止まらなくて、自分じゃ制御できなかった。
「でもそれで、逆に湊先輩のこと怒らせちゃって……。せめてたくさん仕事して、湊先輩のサポートをしたかったのに……こんなふうに倒れて、迷惑かけて……彼女失格です」
　ポロポロと零れ落ちる涙で、湊先輩のジャージが濡れていく。
「自分から参加させてくださいって言ったのに、約束も守れなくて、足手まといで、ごめんなさいっ……」
　湊先輩は私にとって、とっても自慢の彼氏なのに……。
同じようになれない自分が嫌い。
　湊先輩の優しさに甘えているみたいで、情けなかった。
　突然、ポンッと優しくて頭を撫でられる。
「……莉子は足手まといなんかじゃない」
　……え?
「そんなこと思わせてごめん。悪いのは全部俺だ。莉子がそんなふうに俺のこと思ってくれてたなんて、知らなかった……」
「違い、ますっ……私が……」
「……こっち向いて、莉子」
　顎に手を添えられ、クイッと持ち上げられた。

優しく微笑む湊先輩と強制的に視線が交わる。
「莉子が頑張ってくれてたのは、みんなわかってるから。莉子が倒れてみんな心配してたし、仕事押し付けすぎたって反省してた。足手まといだなんて思うはずない」
　湊先輩が、あいているほうの手で、私の頬を撫でてくる。
「俺……いっつも怖かったんだ。誰かに莉子のこと取られるんじゃないか……って」
　それ、この前も言っていた……。
　私を取る人なんていないのに、なんでそんなに心配なんだろう？
「莉子のこと信じてないわけじゃなくて、莉子が可愛すぎるから、毎日気が気じゃないの俺」
　……っ。
　可愛いというワードに、反応してしまう。
　顔が、かあっと熱を帯びるのがわかった。
　恥ずかしくて目を逸らそうとしたけど、頬に添えられた湊先輩の手がそれを許してくれない。
「俺には莉子だけで、欲しいのも大切なのも全部全部莉子だけだから……。莉子が俺以外を好きになって離れていったら……って、考えるだけで怖い」
　まっすぐに、情熱的に見つめられ、ごくりと息を呑んだ。
「だから、ビビって嫉妬して、すげーかっこ悪いこと言った……。本当にごめん」
　湊先輩の気持ちを知って、胸が苦しくなった。
　こんなに想ってくれていたのに……私、全然気づいてい

なかった気がする。
　湊先輩はかっこよくて、なんでもできて、私なんかじゃ釣り合わないほどすごい人だって思っていたから、ここまで不安にさせていたなんて気づきもしなかった。
「自分で思ってる以上に余裕なくて、嫉妬とか独占欲で、もうどうにかなりそうなんだ。自分で自分が制御できない。莉子が他のヤツに笑いかけるだけでも、心臓が苦しくて仕方ない」
　本当に苦しそうな顔をする湊先輩に、私まで辛くなる。
「俺、面倒くさい？　こんな束縛男、嫌になった？」
　やめて、そんな顔しないで。
　面倒くさいわけないっ……。
「私は……」
「でもダメ。もう嫌だって言ったって、離さない」
　最後まで、言わせてもらえなかった。
　私の言葉は、湊先輩に塞がれてしまったから。
　唇に伝うやわらかい感触に、一瞬何をされたかわからなかった。
　き、す……？
　ちゅっ……と、可愛らしい音を立てて離れた唇。
「莉子は俺のだから。……誰にも渡さない」
　湊先輩の唇が、今度は私の額に触れる。
　まるでそれが誓いのキスみたいで、胸が大きく高鳴った。
「湊先輩が私に向けてくれる気持ちは……全部嬉しいです」
「……ほんとに？　無理、してない？」

「してません。湊先輩は誤解してます」
　私も湊先輩のこと、全然わかってなかったけど……。先輩も先輩だっ……。
「私、他の男の人と話したいなんて思ってないです。湊先輩がいてくれたら、それだけで十分です」
　正直、湊先輩ほどではないけど、私は男の人がどちらかといえば苦手だった。
　合宿中に話しかけられるのも少し怖かったし、強いて言うなら、頑張って受け答えしていたんだ。
「それに、湊先輩が思っている以上に……私だって、先輩しか、見えてない……です」
　自分から一緒にいたいと思ったのは、湊先輩が初めて。
「これからは湊先輩が不安にならないように努力します。だから仲直り……してくれますか？」
　笑顔を浮かべてそう言えば、湊先輩が驚いた様子で目を見開く。
　そして、再びきつく抱きしめられた。
「もう莉子しか見えなくて、どうしようもない……俺……」
　振り絞るような声でそう伝えられて、ふつふつと愛しさがこみ上げた。
「好きとか愛してるとか……そんなんじゃ伝わらないくらい愛しい……。なんだよこれ……。こんな感情、初めてだ」
　どうしてこんなにも私を好きになってくれたのか、今も疑問だけど……湊先輩の気持ちが嬉しくて仕方がない。
「莉子……。好きだっ……」

よかった……。湊先輩が、私を好きになってくれて。
　私は本当に、幸せ者だと思った。
「私も、大好きです……！」
　嬉しくって仕方なくて、頬が緩む。
　そんな私を見て、眉間にしわを寄せた湊先輩。
　何か怒らせるようなこと言っちゃったかな？と心配になったけど、どうやらそうじゃないらしい。
「可愛い……っ、なんでそんな可愛いの？　俺のことこれ以上夢中にさせないで」
　ふふっ……湊先輩の怒るポイント、わかんないや。
「私のこと、こんなに可愛がってくれるのは、湊先輩だけです」
「そんなわけないだろ。誰がどう見ても可愛いから、こんなところ構わず嫉妬してんのに。ちょっとは自分が可愛すぎるってこと自覚して」
　全然意味がわからないけど、もっと自覚は持たなきゃと思った。
　湊先輩に想われてるっていう、自覚。
「でも……よかった。もしかしたらこのまま口聞いてもらえないかと思った」
　そんな本音を零した湊先輩が可愛く見えて、バレないように口角を上げる。
　体重を預けるようにひっついて、先輩の服をちょこんと摘んだ。
「私も、湊先輩と話せなくて寂しかったです……」

「え？　寂しかったの？」
　な、なんでそんなに驚いた顔するんだろうっ……。
　そんなの、当たり前なのに……。
「もうこんな寂しいの、嫌です。ケンカは絶対したくないです……」
　私はもうとっくに、湊先輩がいなきゃダメになっている。
「……俺も。これからは、なんかあってもちゃんと話し合おう。俺も一方的に怒ったりしないから」
「はいっ……」
　２人で見つめ合って、どちらからともなく笑い合った。
　ケンカは嫌だけど、仲直りしたあとって不思議。
　なんだか、前より絆が強くなった気がする……。
　そんなことを考えていると、ちらりと時計が目に付いた。
「湊先輩、そろそろ練習に戻ったほうが……」
　もう戻らないと、練習時間が終わっちゃう……。
「……嫌だ。今日は莉子と離れたくない」
「で、でも……」
「俺、別にサッカー推薦とか狙ってないし、好きだからやってるだけで、別にちょっとくらいサボっても平気」
「私のせいで湊先輩がサボるのは、嫌です……」
　ただでさえ迷惑かけちゃったのに、これ以上は罪悪感に耐えられない。
　じーっと、お願いするように見つめると、眉をひそめた湊先輩。
「……わかった。行くからそんな顔しないで」

その言葉にホッと胸を撫で下ろす。
「でも……1個だけわがまま聞いて」
「わがまま……？」
「合宿が終わったらデートしない？　1日中莉子のこと独り占めしたい」
　ふふっ……そんな可愛いわがままなら、いくらでも聞いてあげたい。
「はいっ！」
「ん、決まり。それじゃあ俺行くけど、今日は安静にね。練習終わったらまた来るから」
　納得してくれたのか、湊先輩は笑って立ち上がった。
「あ……湊先輩」
「ん？」
　振り向きざま湊先輩の腕を引いて、顔を近づけた。
　湊先輩が、練習頑張れますように……！
　そんな願いを込めて、ちゅっ……と額にキスを落とす。
「……っ!?」
　みるみるうちに赤く染まる湊先輩に、頬が緩んでしまう。
「頑張ってくださいっ」
　応援してます！と付け足して、送り出すように手を振る。
　けれどなぜか、湊先輩は出ていく気配がない。
「……無理、今ので離れられなくなった」
「え、ええっ……！」
　子供みたいにぎゅっとしがみついてくる湊先輩は、本気で行く気を失ったらしい。

困ったな……。でも、可愛い。
　どうやってやる気を取り戻してもらおうかと考えながらも、ひとまず抱きしめ返してあげることにした。

「莉子、抱きしめていい?」

　ゆっくりと休ませてもらったおかげで、翌日には体調はすっかり元に戻っていた。
　昨日の迷惑を挽回(ばんかい)できるように、今日はしっかり働かなきゃ……!
　もちろん、倒れない程度にっ。
「莉子ちゃん、おはよう」
　タオルを干していると、背後から声をかけられた。
　なんとなく誰だかわかりつつ、ゆっくりと振り返る。
「宮口先輩、おはようございます……!」
　笑顔で近づいてくる宮口先輩に、タオルを干している手を休め向き合った。
「体調はどう?」
「もうすっかり元気になりました……!　ご心配おかけしてすみません!」
「よくなってよかった!　こちらこそ、仕事押し付けちゃってごめんね」
　申しわけなさそうに言われ、先輩が謝る必要はないと首を振る。
　……よし。
「あの……宮口先輩」
「ん?　どうしたの?」
　次会ったら、ちゃんと言おうと決めていた。

ケジメとして。
「私……これからは宮口先輩とあんまり２人でお話しできません」
　目を見てはっきりと告げると、宮口先輩は笑顔のまま、ゆっくりと口を開く。
「瀬名に何か言われたの？」
「いえ、違います」
　違うって言い方もおかしいのかな……。確かに、湊先輩は嫌だとはっきり言ってくれた。
　でもそれが理由じゃなくて、私自身がそう思ったから。
　湊先輩が不安になるようなことは、少しでもしたくないって。
「ただ私が、湊先輩に心配をかけたくなくて……その、宮口先輩だからとかではなく、男の人と２人になるのは避けようって思ったんです」
　ちゃんと自分の意見を伝えようと、目を逸らさずにそう伝える。
　今まで崩れなかった宮口先輩の笑顔がついに崩れて、先輩は少しだけ悔しそうな表情をした。
「莉子ちゃんは瀬名が……大好きなんだね」
　なんだか、改めて聞かれると照れくさいな……。
　でも、はっきりと言える。
「はいっ……！　大好きです！」
　私は誰よりも、湊先輩が大好きっ……。
「……わかった。寂しいけど、僕ももうあんまり話しかけ

ないようにするね」
　本当に寂しそうにする宮口先輩に罪悪感を覚えたけど、私の気持ちは変わらない。
　私が悲しませたくないのは、湊先輩だけだから……。
「すみません……」
「ううん、謝らないで。あー、でもいいなぁ瀬名。羨ましい」
「……？」
「ふふっ、ううん、なんでもないよ」
　どういう意味だろう……？
　不思議に思いながらも、それ以上は聞かないことにした。
　ちゃんと言えて、よかった……。
「莉子!!」
　ホッと胸を撫で下ろしたとき、またしても背後から誰かに声をかけられた。
　振り返らずとも、声の主はわかる。
「……あ、噂をすれば」
　宮口先輩は面白そうに笑ったけど、私は内心ヒヤヒヤしていた。
　ま、また誤解されるかもしれない……！
　心配で、慌てて振り返ると、走ってきたのか息をきらした湊先輩が私の前に立った。
「……キャプテン、俺の彼女とあんまり親しくしないでください」
　私を背中に隠すようにしてそう言った湊先輩に、不覚にも胸が高鳴る。

"俺の彼女"って……。改めて言われると、少し恥ずかしい……。
　だけど、その何倍も嬉しい。
「はいはい。邪魔者は退散するよ」
　「じゃあね」と手を振って、宮口先輩はグラウンドのほうへと歩いていく。
　残された私は、振り返った湊先輩にじっと見つめられた。
「何を話してたの？」
　疑っているわけではないみたいだけど、少し怖い顔になっている湊先輩にふふっと笑みを零す。
「こら、なんで笑ってんの」
「ふふっ、すみません。宮口先輩には、もう２人で話すのは控えましょうって言っただけです」
「……え？」
　ポカン、と、驚いた様子の湊先輩に、また笑ってしまう。
　あぁもう、かっこいいのに、可愛いっ……。
「それと、湊先輩が大好きですって惚気ましたっ……ふふっ」
　もっと驚かせたくてそう言うと、策略どおり、湊先輩は更に目を見開いた。
　そして、ほんのりと頬が赤く染まっている。
「……そっか」
　ぼそりとそう言って、頭をかいた湊先輩。
「湊先輩、喜んでますか……？」
「うん。めちゃくちゃ」

素直すぎるその反応にときめいて、胸がキュンッと音を立てる。
　やっぱり、湊先輩はずるいな……。
　いつだって、私のことをドキドキさせて……。
「莉子、抱きしめていい？」
　っ、え？
　今度は私が驚く番らしく、じりじりと近づいてくる湊先輩に１歩後ずさった。
「こ、ここではダメです……！」
　移動してくる部員さんやマネージャーさんたちに、丸見えだよ！
「じゃあ、２人きりになったら抱きしめるから覚悟しておいて」
　ここで抱きしめるのは諦めてくれたのか、顔を近づけて耳元でそう言ってきた湊先輩。
　私の顔は今、きっとタコみたいに真っ赤になっているだろう。
「わかった？」
　そう聞かれて、こくりと頷いて湊先輩を見上げた。
「は、はい……」
　すると、またしても目を見開いて固まる湊先輩。
　今度は何？と首を傾げた瞬間、
「あー……。やっぱ無理。我慢できない……可愛い」
　あろうことか、ぎゅっと抱きしめられた。
「み、湊先輩……！」

ま、待って！　みんな見てる！　見てますから!!
　逃げようともがいても、湊先輩の力に敵うはずがなく、身動きが取れない。
　向こう側にいた部員さんが、「ヒュー！」と冷やかすように声をあげていて、穴があったら入りたい気分だった。
　もう、恥ずかし……。
　だけど、湊先輩が幸せそうだから……。少しだけ、このままでもいい……かなっ……？
「こらそこ!!　合宿中にいちゃつくな!!　風紀を乱すなー!!」
　そんなヤジが飛んでくるのは、あと数秒後。

「別に莉子以外どうでもいいし」

【side 湊】

　合宿が終わって、1ヶ月以上が経った。
　莉子とは相変わらず……というより、以前よりも会話もメールも会う頻度(ひんど)も増え、日々仲を深められていると感じている。
　そんな中、1週間後にあるイベントが待っていた。
　部活のため、部室でジャージに着替えているときだった。
「なぁ湊ー、お前もサッカー部のクリスマス会に参加するよな?」
　部室にいた部員たちが、そんなことを言い出したのは。
「無理」
　参加するわけないだろ。
　1年の頃は強制とか言って、参加させられたけど……。
　今年は、別の用事がある。
「はぁー!? なに言ってんだよ!! 伝統行事だぞ!!」
　なにが伝統行事だよ……。
「ただ寂しい男で集まって慰め合う会だろ……」
「おまっ……! 自分が彼女できたからって……!!」
　どうやら俺は言ってはいけないことを言ってしまったらしく、部室内にブーイングの声があがった。
　あー……うざ。

「いいよなぁ、お前は……あんな可愛い彼女がいて……」
「ほんとだよ……。クソ贅沢者め……」
「女嫌いとか言いながら、ちゃっかり保健室の天使をものにしやがって……」

　久しぶりに聞いたその呼び名に、反応せずにはいられなかった。
「……人の彼女可愛いとか言うな」
　今更だけど、天使って呼び名なんなんだよ……。
　いや、莉子は天使だけど。……そうじゃなくて、他の男からそう思われていることが気に入らない。
「は？　心狭すぎかよお前……」
　俺のセリフにドン引きしている様子の部員たちが鬱陶しすぎて、そのまま無視をした。
　そんなの、とっくに自覚している。
　でも……莉子がそのままでいいって言ってくれたから、俺は自重しない。
「どーせ、クリスマスはプレゼントでも買って家でいちゃいちゃすんだろ？」
　耳に入ったそんな言葉に、つい反応してしまう。
「やっぱり普通はそうなのか……」
　俺の言葉に、その場にいた部員たちがざわついた。
「は？　もしかしてお前なんも考えてねーの？」
「クリスマスにプランなしとか……普通だったらしばかれんぞ!!」
　いや、なんも考えてないわけないだろ……。

莉子と迎える初めてのクリスマスだし、ちゃんと考えている。
　でも……。
「考えてないわけじゃないけど……。ただ、どうしたら喜ぶかわからないから……」
　何をするのが普通なのか、どうすれば莉子が喜ぶのかがピンとこない。
　ネットで調べたようなベタなクリスマスコースを参考にするのも、なんか違う気がするし……。
　とにかく、ここのところクリスマスの予定について、頭を悩ませていた。
「女はプレゼントやれば喜ぶだろ！　俺の彼女もブランドのバッグが欲しいとかねだってきやがったし……！　金ねーっつーのっ！」
　1人の部員の経験談に、同情の声があがる。
　普通の女なら、まぁそうなんだと思う。
　でも、莉子を普通と一緒にしないでほしい。
「彼女からリクエストないのか？」
「いや……1回聞いたけど……」
　俺は、1週間前の会話を思い出した。
『なぁ莉子。本人に聞くのもあれだけどさ……。クリスマスプレゼント何が欲しい？』
　お互い、部活と委員会を終え、一緒に帰っている途中。
　考えても考えてもいい案が思い浮かばないため、思いきって本人に聞いてみたのだ。

『え？　プレゼントですか？』
　きょとんとした莉子は、考えるような仕草をしたあと、言いにくそうに口を開く。
『……そ、それって、ものじゃないとダメですか……？』
　ん？　ものじゃないプレゼント……？
『いや別になんでもいいよ。何かあるの？』
　俺があげられるものなら、なんでもあげたいと思って優しくそう言うと、頬を赤らめながら俺を見た莉子。
『えっと……湊先輩と一緒にいる時間が欲しいですっ』
　……っ、は？
『……な、にそれ……。デートするんだから、一緒にいるに決まってるだろ？』
　なに可愛いこと言ってんの……？　そんなのプレゼントのうちに入らないし。
　むしろ、一緒にいてもらえて嬉しいのは俺のほう。
　それなのに、莉子は嬉しそうに笑って、俺を見てくる。
『じゃあ、それだけで十分ですっ……！　他にはなんにもいりません……。ふふっ』
「……って、言われた……」
　回想をそのまま伝えると、悔しそうに歯をくいしばり始めた部員たち。
「おま……惚気かよ!!」
「なんだよそれ!!　最高じゃんっ……クソっ!!」
「ほんとに天使だな、おい!!」
　まぁ、みんなが羨ましがるのはわかるし、莉子が最高な

のも当たり前だけど……。
「だから人の彼女、天使呼ばわりすんなって」
　その言葉だけは聞き逃せないし、呼ぶなって言ってんだろうが。
「え、マジで心狭っ！」
　なんとでも言え……と思いながら、悩みを口にする。
「いくらいらないって言われても、プレゼントくらいは渡したいし。でもなに欲しいかわからないし……」
　あー……自分の彼女の好みがわからないとか、情けないな……。
　サッカーシューズから靴に履き替え、靴紐を結びながらそんなことを思ったときだった。
「あ、莉子ちゃんこの前、ペアルックとかペアリングとか憧れるって言ってたけど？」
　隣でスマホをいじっていた朝日が、思い出したようにそんなことを言ってくる。
「は？　この前っていつだよ」
　なんでお前がそんなことを知ってんの？
「紗奈ちゃんのプレゼント買うの付き合ってもらったとき」
「あぁ……。あの日か……」
　朝日の言葉に納得し、怒りがスッと引く。
　この前、朝日が富里の誕生日プレゼントを選ぶのに俺と莉子で付き添ったんだ。
　まさか、あのときそんな会話をしているとは、思わなかった……。

「俺にまで嫉妬とか末期じゃない？」
「うるさい」
　ニヤニヤと気持ち悪い顔をしている朝日にそう言いながらも、少し肩の荷がおりた気がした。
　へぇ……ペアリングか……。
　確かに、おそろいのものとかいいかも。
　なんとかプレゼントの候補が決まり、ホッとする俺の周りで、相変わらず騒いでいる部員たち。
「朝日！　お前はクリスマス会来るよな!!」
「無理ー、俺パース」
「なんでだよぉぉぉ!!」
「好きな子とデートなんで」
　おいおい、サラッと言うなこいつ……。
　富里のことを好きだと認めているなら、とっとと告白すればいいのにと内心思うが、こいつなりに考えがあるんだろうから俺が言うことじゃないか。
「朝日の好きな子!?」
「ああ、あの美人な子か……」
「お前も俺らより女を優先すんのか……！」
「でもいいなー、あの子いい身体してたよなぁ!?」
　部員たちが口々にそんなことを言っていると、隣から黒いオーラが漂ってきた。
　朝日がキレるなんて珍しい。
「紗奈ちゃんのこと変な目で見ないでくれない？　殴りたくなっちゃうから」

笑顔でそんなことを言う朝日に、そこかしこから「ひっ!」と脅えた声があがった。
「お前も心狭っ!!」
「２年の２強がこんなんだって知ったら、学校中の女子が泣くぞ」
　なんだよ２強って……。ほんとこの学校のヤツら、変な通り名つけるの好きだな……。
　つーか、興味ない。
「別に莉子以外どうでもいいし」
　本気で莉子以外にはどう思われてもいいし、いっさい感情が動かない。
　なんなら女は嫌いだから、莉子以外目に入れたくないくらいだ。
「どうかーん。俺も紗奈ちゃん以外どうでもいい」
　珍しく朝日と意見が合ったらしく、鼻で笑う。
　こいつとは性格も価値観も何もかもが真逆だと思っているけど、恋愛に関しての考え方は似たところがあった。
　部員たちが、俺たちを睨みつけるように見る。
「クソ……。幸せ者はくたばれ!!」
「つーか、なんで俺ら彼女いねーんだよ!!」
「サッカー部はモテるっていったヤツ出てこい!!　このやろー!!」
　俺たちへの不満は、次第にサッカー部への不満になり、部室内は騒がしさに包まれた。
「……うるさい」

なんなんだこいつら……と思いながら、支度をすませて、黙って部室を出た。
　今日は莉子と帰れない日だから、帰りにちょっと駅前のショップにでも行くか。
　ペアルックは恥ずかしいから無理だけど、アクセサリーなら……俺も欲しい。
　莉子に似合うものがあればいいなと思いながら、顔が緩みそうになるのを必死に堪えた。

【side 湊 end】

「ほんと……可愛くてたまんない」

　ピンポーン、という音が、リビングに響く。
　待ちわびていた私は、慌ててインターホンを取った。
「はい！」
『莉子、俺』
　待っていた人の姿が液晶画面に映って、自然と頬が緩む。
「今出ます……！」
　今日は、クリスマス当日。
　湊先輩と、デートの約束をしていた。
「行ってきます……！」
　お母さんにそう言って家を出ると、すぐに湊先輩の姿があった。
「湊先輩……！」
「……っ」
　笑顔で駆け寄ると、なぜか湊先輩は私を見て、口元を隠すように覆った。
「……？　どうかしましたか？」
「いや……。私服、慣れないなと思って」
「え？」
「服も髪型も可愛くてびっくりした」
「……っ!!」
　可愛いと言われ、過剰に反応してしまう。
　よかった……。頑張っておしゃれして……。

「あ、ありがとうございますっ……」
　笑顔でそう言うと、ぽんっと優しく頭を撫でられた。
「莉子、手」
　差し伸べられた手を握ると、湊先輩が満足げに微笑む。
「危ないから、俺から離れないでね」
　そうだよね……。クリスマスだからきっと人多いだろうし、迷子になったら大変だもん……！
　湊先輩の言葉をそう解釈して、私は大きく頷いた。
　２人で向かった先は、水族館だった。
　この水族館は最近リニューアルしたばかりで、行ってみたいと思っていたところ。
　それを、前に紗奈ちゃんと話しているのを湊先輩が覚えていてくれたみたいで、ここに行くことが決まったんだ。
「わっ……！　綺麗……！」
　中に入ると、真っ先に水槽のトンネルがあった。
　幻想的な世界に、目を輝かせる。
　トンネルを抜けた先には、なんと一番見たかった動物が。
「見てください湊先輩!!　ペンギンがいます……!!」
　嬉しくて、子供のようにはしゃいでしまった。
　そんな私を見て、湊先輩は嬉しそうに笑ってくれる。
「うん。見に行こっか」
「はいっ……！」
　手を繋いでペンギンのコーナーに行くと、たくさんのペンギンが出迎えてくれた。
「わぁっ！　赤ちゃんペンギンもいる！　可愛い……！」

すごい……！　丸い、可愛いっ……！
　フォルムといい動きといい、全部が可愛くて、いろんな角度から見る。
　そんな中、湊先輩がじっとペンギンではなく私を見ていることに気づいた。
「……み、湊先輩？」
「ん？」
「ペンギン、見ないんですか……？」
「莉子見てるほうが楽しい」
　……へ？
　思わず変な声が出そうになり、首を傾げる。
　わ、私、そんなに変な動きをしてた……？
「で、でも、ペンギン可愛いですよ？」
「莉子のほうが可愛い」
「……っ！」
　不意打ちの言葉に、驚いて目を見開く。
「真っ赤になった。……ほんと可愛い」
　口角を上げ、ニヤニヤと笑っている湊先輩。
　こうなったら、先輩は止められないんだ。
「も、もう……！　湊先輩、喋るの禁止です……！」
　可愛いって言われるのは嬉しいけど……湊先輩は何回も言うから、心臓がもたないよっ……！
「……」
「え？　先輩……？」
　あ、あれ……？

ほんとに黙っちゃった……？
　もしかして、怒った……？
「おーい、湊先輩……？」
「……」
「さ、さっきの嘘です！　喋ってください」
「……」
　無言を貫くつもりなのか、固く口を閉ざした湊先輩の腕に思わずしがみついた。
　恥ずかしいのは嫌だけど、それ以上に口を聞いてくれないのはもっと嫌だっ……。
「湊先輩っ……」
　ぎゅっと縋り付くと、頭上から笑い声が降ってくる。
「ふふっ、ごめんごめん。可愛いからイジワルしすぎた」
　……う、酷い……。
　でも、喋ってくれたからいいやっ……。
「莉子、イルカショーだって、行く？」
　え！　イルカショー……？
　遠くの案内板を見てそう言った湊先輩に、私は大きく頷いた。
「はいっ！」

　30分間のイルカショーは、圧巻だった。
　3頭のイルカによるショーは、触れ合える時間や曲芸などさまざまなコーナーがあり、終始私ははしゃいでいた。
　イルカショーのあとは、海の生き物が綺麗な水槽にズラ

リと入っているのを1つ1つじっくりと見て回った。
「水族館って子供のときに来た以来だけど、すごく楽しいですね!」
　すべて見終わった頃には、外が暗くなり始めていた。
　来てみたいとは思っていたけど、こんなに楽しめるとは思ってなかった……!
「俺も。この歳(とし)でこんなに楽しめるとは思わなかった」
　湊先輩も同じことを思ったらしく、それに嬉しくなる。
　先輩、ずっと私ばかり見ていたから、楽しめているのかなって不安だったけど……。よかった……!　ふふっ。
「こんなに楽しかったのはきっと、湊先輩と一緒だったからです」
　思っていることを素直に口にしたら、湊先輩は何かを堪えるような難しい顔をした。
「またそういうこと言う。ここで抱きしめてもいいの?」
　どうやら、抱きしめたいのを我慢している……らしい。
「ダ、ダメです……!」
　こんな人が多いところで……!
「うん、莉子が晒(さら)し者になっちゃうのは嫌だし、ここではしない」
　まるで2人きりになったらするとでもいうかのような発言に、頬が熱くなる。
「そろそろ時間かな……」
　……時間?
　もしかして、もう帰る時間ってことかな……?

一瞬そう思ったけど、どうやら違ったらしい。
「行こう」
「……え？」
　私の手を引いて、来た道とは別方向に歩き出した湊先輩。
「こっち」
　いったいどこに？と思いつつも、引かれるがままついていく。
　連れてこられたのは、水族館のすぐ近くにある遊歩道。
　かなり先まで続くその遊歩道の脇には、真っ赤なポインセチアが植えられている。
　きっとすごく綺麗なんだろうけど、暗くてあまり見えない……。残念。
　そう思ったとき、あたり一面が光りだした。
「……わぁっ……!!」
　遊歩道の並木のライトアップだった。
　イルミネーションで一斉に輝きだして、その、あまりの美しさに息を呑む。
「す、すごい……！」
　これって、クリスマスのイルミネーション？
「とっても綺麗ですね……！」
「よかった、喜んでくれて」
　湊先輩、知っていて連れてきてくれたの……？
　……嬉しい。
「こんなライトアップがあるの、知らなかったです！」
　イルミネーションはもちろんだけど……。

湊先輩が私のためにいろいろ考えてくれたことが、すごくすごく嬉しかった。
「結構有名なとこらしい。歩こっか？」
　再び手を差し出され、その手を取る。
　２人で手を繋ぎながら、イルミネーションの道をゆっくりと歩いた。
　目を奪われるほど綺麗なライトアップが続いて、視線をあちこちへと走らせる。
「見てください！　ハート型……！」
「ほんとだ。すご……」
　すぐ先に大きなハートのトンネルを見つけ、大はしゃぎした。
　あ、そうだっ……。
「湊先輩、写真撮りませんか？」
　せっかくだから、記念に写真を残したい……！
　そう思って聞くと、湊先輩は「うん、いいよ」と笑ってくれた。
　カシャッという音を立てて、画面に思い出が残る。
　それが嬉しくて、まじまじと写真を見つめた。
「これ……。スマホのロック画面にしてもいいですか？」
「俺もする。あとで送って」
「ふふっ、はい」
　湊先輩との思い出が、１つずつ増えていく。
　それがたまらなく嬉しくて、幸せだと思った。

「歩き疲れた？」
　イルミネーションの道は長くて、かなり歩いた気がする。
　心配してくれた湊先輩に、笑顔を返した。
「平気です……！」
　合宿中に走り回ったことを思えば、こんなの全然へっちゃらだ。
「そこのレストラン行こ。お腹すいたでしょ？」
　湊先輩がそう言って指を差したのは、美味しそうな洋食屋さん。
「はいっ……！」
　店内に入ると、すいているわけではないのにすぐに個室に案内された。
　湊先輩、もしかしてここも予約してくれていたの？　そう思うと、くすぐったい気持ちになる。
　個室に入ると、暖炉があり、洋風なのにコタツという一風変わったお洒落な部屋だった。
　まるで、家の中みたいに落ち着ける、素敵な空間。
「お腹ペコペコなので、なんでも食べられそうです……！」
「俺も」
　メニューを見て、２人で注文を決める。
　ほんとにお洒落な場所だなぁ……と、辺りを見渡していると、熱い視線が向けられていることに気づいた。
「……な、なんですか？」
　私の顔、何かついているのるかな……？
「ん？　可愛いなぁって」

「も、もう……先輩そればっかり……」
「だって、ずっと思ってるし」
　真顔で言ってくる湊先輩に、どう返事をしていいかわからず、視線を下へと移す。
「莉子のこと可愛いと思わないときなんてないよ」
　……っ。
　伸びてきた湊先輩の手が、私の顎を掴む。
　そのままクイッと持ち上げられ、視線が交わった。
「四六時中……。可愛くて、たまんない」
　情熱的すぎる目で見つめられて、もう沸騰しそうなほど顔が熱くなっている気がした。
「莉子、りんごみたい」
「み、湊先輩のせいですっ……」
　先輩が、甘すぎるから……。
「今日は莉子の時間、俺にくれてありがとう」
　改まってそんなことを言われて、慌てて首を横に振った。
「そんな……。こちらこそです……！」
　こんなに楽しませてもらって……感謝の気持ちでいっぱいだ。
　今日はほんとにほんとに楽しい１日だった……。
　そんなことを思っていると、何やら突然カバンを漁りだした湊先輩。
　何をしているんだろうと見つめていると、中から綺麗にラッピングされた小さな箱が出てきた。
「これ、よかったら受け取ってほしい」

「……え？」
　これって……？
「プレゼント」
　そう言って、微笑む湊先輩に目を見開いた。
　プレゼントって、クリスマスの……？
　こんなにいろいろしてもらったのに……。プレゼントまで用意してくれたの……？
「い、いいんですか？」
「当たり前。莉子に貰ってほしくて選んだんだ。開けてみて」
　「はい」と手のひらにプレゼントを置かれて、恐る恐るラッピングを解いた。
「これ……」
　中に入っていた２つのうち１つを取って、自分の薬指にはめた湊先輩。
「ペアリング。……じつは、朝日から莉子が欲しがってたって聞いて……」
　照れくさそうに笑う湊先輩に、じわりと涙が浮かんだ。
　先輩は……どこまで私を喜ばせてくれるんだろう。
「……こんなの、いいんですか……？　貰っても……」
「プレゼントなんだから、貰ってくれないと困る。貸して」
　箱の中のもう１つのリングを取って、私の薬指にそっとはめてくれた。
　指にはめられたリングをまじまじと見つめていると、堪えていた涙がポロリと零れた。
「う、嬉しいですっ……」

こんな、素敵なプレゼント生まれて初めてだ……。
「一生、大切にしますっ……」
　頬に伝う涙を拭って、リングのはめられた私の薬指をそっと触れる湊先輩。
「何年後かには、もっといいの渡すから」
「……え？」
　何年後かって……？
「今は意味、わかんなくてもいいよ」
　首を傾げた私を見て、湊先輩が優しく微笑む。
「どういう意味ですか？」
「……莉子のこと、一生離さないってこと」
　そう言って、私の頬に手を添えた湊先輩。
　私を見つめる瞳に湊先輩の愛を感じて、幸せで胸がいっぱいになる。
「こんなに幸せなクリスマス、初めてですっ……」
　今日のこと、絶対忘れない……。
　湊先輩と一緒にいられるだけでも幸せなのに、今日はいろんなものを貰いすぎちゃった。
「……そんなの、俺のほうだって」
　湊先輩が、そっと立ち上がって私の隣に座った。
　たくましい腕が伸びてきて、ぎゅっと包み込まれる。
「あの、湊先輩……。ここじゃっ……」
「大丈夫、個室だから」
　「誰も見てないよ」と耳元で囁かれれば、もう抵抗する理由なんてない。

湊先輩の胸の中で、そっと目を閉じる。
　甘えるように頭を預ければ、優しく撫でてくれた。
「なぁ、莉子」
　名前を呼ばれて顔を上げると、これでもかってほど優しい目をした湊先輩と視線がぶつかった。
「これから先もずっと……クリスマスは俺と過ごしてくれる？」
　考える間もなく、答えなんて決まっている。
「はいっ……！　もちろんです……！」
「クリスマスだけじゃなくて……ずっと一緒にいてね」
　それは、私のセリフです……。
　心の中でそう呟いて、微笑み返した私の唇に、湊先輩の唇が降ってきた。
　目を閉じて、それを受け入れる。
　私、今……世界で一番、幸せかもしれない……。
　湊先輩も同じように思ってくれていたらいいな……。
　ゆっくりと離れていく唇に寂しさを感じて、先輩の腕をぎゅっと握る。
　もう１回……してください。
　そんな気持ちを込めて見つめると、湊先輩は優しい瞳で私を見つめてくれる。
「愛してるよ、莉子」
　湊先輩はそう言って、再び唇を重ねた。

【ＥＮＤ】

番外編

初めてのお宅訪問

「スリッパ、これ使って」
「は、はい……」
「誰もいないから、楽にしていいよ」
　そうは言われても、緊張してしまう。
　小森莉子、16歳。
　私は今……、湊先輩の家にお邪魔している。
　ことの発端は、1時間前に遡る。
　今日は、湊先輩とお買い物デートをしていた。
　お互い文房具や部活用品など買いたいものがあり、ショッピングモールへ。
「莉子、他に見たいところある？」
「いえ！　もう全部買い終わりました！」
「そっか。俺も買い終わったし、どっかで休む？」
「はいっ！」
　コーヒーでも飲もうということになり、お店を探していたとき。
　……あ、ペットショップ……。
　ケージの中に並んでいる、可愛い犬や猫。
　動物のなかでもとくに猫が好きな私は、じーっと愛くるしい姿を見つめた。
「……そういえば、莉子、猫好きだったよね」
「はいっ……！　大好きです！　湊先輩は飼ってるんで

よね？」
「まあ。母親が男に押し付けられた猫だけど……綺麗だよ」
「羨ましいです！ うちは、母親が猫アレルギーで飼えなくて……」
「あ、よかったら今から見に来る？ 家近くだし」
「え！ いいんですか……？」
　……という話になり、今に至る。
　猫に会いたい！ という気持ちで何も考えずについてきちゃったけど……恋人の家に入るって、一大イベントだよねっ……。
「ここ俺の部屋だから、そこのソファに座って待ってて。今飲み物入れてくる」
　そう言って連れてこられたのは、1人部屋にはちょうどいい広さの、綺麗に片付けられた湊先輩の部屋。
「あ、お構いなく……！」
「構うよ。彼女が来てるんだから」
　ふっ……と笑って、私の頭を撫でてキッチンのほうへ行ってしまった湊先輩。
　う……かっこいい……。
　火照る頬を押さえながら、湊先輩に言われたソファに座らせてもらう。
　湊先輩の部屋……。なんていうか、大人っぽいな……。
　白と青で統一された部屋を、キョロキョロと見渡す。
　壁にはサッカー選手のポスターが貼られていたり、ユニフォームが飾られていたりと、所々でサッカー愛が垣間見

えた。
　って……本人がいないのにじろじろと見るのは悪いよね。おとなしくしてようっ……。
　そう思って前を向いたとき、部屋の扉が開いた。
　湊先輩だと思って視線を移すと、そこには知らない男の人が立っていた。
　……え？　だ、誰っ……？
「……ほんとにいた……」
　私を見る相手も、驚いた表情をしている。
　この制服……有名な私立高校の制服だ……。
　私でも知っている進学校の制服を纏ったその人は、まるで幻でも見るかのように私を観察している。
　どうしていいかわからず、目をパチパチと瞬きさせながら動けずにいた。
「おい！　京壱！」
　いたたまれなくなり始めていたとき、奥から湊先輩の足音が聞こえてくる。
　すぐに部屋へやってきた先輩は、その人を私から遠ざけるように肩を引いた。
　少し怒った様子の湊先輩に対し、ニコニコと爽やかな笑みを浮かべている男の人。
「ごめんごめん、どうしても気になって……」
「気になってじゃないだろ」
「ごめんってば。……あ、初めまして。いつも兄がお世話になっています。弟の京壱です」

え？　あ、兄……？
　ってことは、この人、湊先輩の弟さん……!?
「こ、こちらこそ……!　湊先輩にはいつもお世話になってます！」
　そう言いながらも驚いて、2人を交互（こうご）に見ると、確かに顔がそっくりだった。
　雰囲気が違うから、わからなかった……！
「何……兄貴、俺の存在言ってないの？」
「言う必要ないだろ」
「酷いなぁ……たった1人の兄弟なのに」
「つーかお前、何しに来たんだよ、早く帰れ」
　面倒くさそうに弟さんと話す湊先輩に、オロオロしてしまう。
　い、いいのかな、そんなぞんざいに扱って……。
「いや、近くに用事があったから寄ったんだけどさ。玄関に入ったら母さんが履かなそうな女物の靴が置いてあったから……。まさかとは思ったんだけど」
　そう言って、再び私の顔をじーっと見る弟さん。
「へぇー、兄貴ってこういう子がタイプなんだ」
　ニヤリと、口角を上げ不敵な笑みを浮かべた。
　その姿がやけに色っぽくて、湊先輩に似ていることもありドキッとしてしまう。
「おい、見んな」
「そんな警戒（けいかい）しなくても平気だって。おめでと」
「……」

「じゃあね、お邪魔しました」
　手をひらひらと振り、笑顔で部屋を出ていった。
　び、びっくりした……。
「ごめん、誰もいないって言ったのに……。弟が来てたみたいで」
　申しわけなさそうにそう言って、「飲んで」とテーブルにマグカップを置いた湊先輩。
「ありがとうございます」と言って受け取りながらも、さっきの言い方が引っかかった。
「あの、来てたって……」
　まるで、自分の家じゃないみたいな言い方……。
「あ、別居してんの。親が離婚して、あいつは父親で、俺は母親に引き取られた」
「そ、そうだったんですね……」
　触れてはいけない部分だと思い、それ以上聞かないでおいた。
　こういうのは、湊先輩が話したいときに話してほしいって思っているし……無理に聞きたくはない。
　でも……よかったのかな……？
　弟さんと、久しぶりに会える機会だったんじゃ……？
「……あの、私帰りましょうか……？」
　家族の時間は大事なものだろうと思い、そう聞いた。
　私と湊先輩は、学校でも会えるし……。寂しいけど、弟さんを優先してあげてほしい。
　そう言った私の手を、湊先輩が握ってくる。

「ダメ。帰らないで」
　甘えるような言い方に、単純な私の心臓が高鳴る。
「……は、はい……」
　そんなふうに言われてしまったら……もう何も言えないや……。
　それに、湊先輩も寂しいって思ってくれたなら、嬉しい。
「でも……顔は似てたんですけど、雰囲気が違いますね、湊先輩と弟さん」
「よく言われる」
　やっぱりそうなんだ……。なんていうか、湊先輩は落ち着いた雰囲気だから、どこか冷たいオーラがあるけど、弟さんは、こう……虫も殺さないような、人のよさそうな雰囲気だった。
「あいつは昔からリアル王子様って呼ばれてた」
　湊先輩の言葉に、とても納得する。
「あ……なんとなくわかります……」
　背景に花が見えたもん……。
「……つーか、他の男の話はもう終わり」
　弟さんの話なのに、機嫌をそこねたのか眉をひそめた湊先輩。
　それが可愛くて、笑ってしまう。
「ふふっ、はい」
　別の話題を振ろうと思ったとき、プルルルという着信音が部屋に鳴り響いた。
「……ごめん、バイト先だ。ちょっと電話してきていい？」

どうやら湊先輩のスマホだったらしく、申しわけなさそうにしながら部屋を出ていった。
　１人になった部屋で、ぼぅっとする。
　まさか湊先輩に弟がいたとは……驚いたなぁ……。
　改めてそう思ったとき、部屋の扉が開いた。
　あれ？　もう電話終わったのかな……？
「……入ってもいいですか？」
　……え？　弟さん……？
「あ……も、もちろんです……」
　ゆっくりと入ってきた弟さんは、いたずらっこみたいな笑みを浮かべた。
「１年生だよね？　同い年だ」
　え……あ、そっか。
　高校生で弟ってことは、１年だよね……。
　でも、なんだか同級生に見えなくて、変な感じがする。
「……なんか、実感わかないな……。兄貴が家に女の子連れ込んでるなんて」
「え？」
「女嫌い、知りませんか？」
「知ってます……！」
　弟さんの言葉に、慌てて首を振った。
　弟さんは、ふっ……と笑って、どこか遠い目をする。
「ほんと、病気なんじゃないかなって思うくらいだったんですよ。俺、兄貴はきっと一生恋愛なんかしないんだろうなって思ってて」

そう、だったんだ……。
　私も知っているつもりだったけど、家族がここまで言うってことは、本当に酷かったんだろう。
「だから、嬉しいです。割と本気で」
　弟さんが、私を見て本当に嬉しそうに笑う。
「そうだったんですね……」
「兄貴のこと、よろしくお願いします」
　……素敵な兄弟だなぁ……。
　正直、湊先輩が少し心配だった。
　まったく家族の話をしないし、親も帰ってこないのが当たり前だと言っていたから。
　もしかして、家族から愛されてないのかも……って。
　でも、それは杞憂だったみたいだ。
　こんなに兄思いな弟さんがいると知って、私まで嬉しくなる。
「莉子、ごめ……って、お前なんで俺の部屋いんの？」
　電話を終えた湊先輩が部屋に戻ってきて、弟さんを見るなり顔をしかめる。
　弟さんは、笑顔で立ち上がって、私たちに手を振る。
「ちょっと話しただけだよ。失礼しました、バイバイ」
　出ていく直前に目が合って、ぺこりと頭を下げた。
　弟さんが出ていくと、湊先輩が隣に座った。
　不機嫌な湊先輩と２人きり。
「……あいつとなに話したの？」
「湊先輩の話ですよ」

じりじりと詰め寄ってくる湊先輩にそう言うと、眉間のしわが増えた。
「余計なこと聞いた？」
「いえ。とてもいいことを聞きました」
「何それ……」
　私の返事が不満だったのか、納得いってなさそうな表情をする湊先輩。
　ほんとに、とってもいいことを聞いたっ……。
　理由もなく抱きしめたくなって、湊先輩に抱きついた。
「……り、こ？」
　驚いているのか、戸惑いを含んだ声で私の名前を呼ぶ。
「どうしたの……？　急に……」
「こうしたくなったんです」
　湊先輩のことを更に知れた気がして、また好きの気持ちが大きくなって、今すごく幸せな気持ちだった。
「ん……。そっか……」
　照れているのか、少し恥ずかしそうに返事をする湊先輩に、私の頬が緩む。
　ああ……愛しいなぁ……。
　これからもきっと、いろんな一面を知るたびに、好きになっていくんだろう。
　そんな未来を想像して、ふふっと笑った。

【END】

秘密の取り引き

【side 湊】

　この世の何よりも女が嫌いだった俺にも、何人かは平気な女が存在する。
　親戚、食堂のおばちゃん、それと……女嫌いの元凶とはいえ、避けようのない存在の母親。
　言わずもがな、何よりも愛しい存在の、莉子。
　そして……もう1人。
　──ピコンッ。
　風呂から上がったとき、タイミングを見計らったようにスマホが音を立てた。
　誰からだ……？
　莉子からならいいなと思い、画面を見る。
　俺の期待どおりにはならなかったが、送信者の名前を見て急いで内容を確認する。
　送り主の名前は、【富里】。
　俺が唯一友人として認識している女。
　といっても、女友達っていうより、男友達って感じ。
　そして俺たちの間には、密かに契約が結ばれていた。
【湊先輩！　これ言ってた写真です！】
　そんな文章とともに添えられた、3枚の写真。
　……うっわ……。

その写真に、思わず手で口元を押さえた。
　写真に写っているのは、猫耳をつけた莉子。
　今年のハロウィンで、女友達とコスプレパーティーをしたらしく、富里にそれを聞いた俺は即座に写真の有無を確認した。
『コスプレパーティー？　へぇ……』
『莉子のコスプレ、ちょー可愛かったですよ』
『……莉子もしたの？』
『当たり前ですよ！　あたしが見立てました！』
『……写真とかは？』
『ふふっ、見たいですか？』
『……うん』
『仕方ないですねぇ、前のスマホに入ってるんで、帰ったら送りますね！』
　まさか……猫メイドとは思わなかった……。
　これ、この場にいたの女だけだったんだよな？
　もし他の男が莉子のこんな姿を見たらと考えるだけで、はらわたが煮えくり返りそうだ。
　それにしても……可愛い。
　ちょっとこれは可愛すぎる。
　コスプレとかにはまったく興味ないし、莉子以外がしていてもどうでもいいけど、莉子のこの姿は刺激が強すぎる。
　恥ずかしがっているのか、ほんのりと頬が赤らんでいて、愛らしすぎる姿にため息をついた。
　あー……。俺の莉子が可愛すぎる。

終始その可愛さに頭を抱えていると、再び着信を知らせる音がする。
【湊先輩！　あたしのお願いは忘れたんですか!?】
　ああ……そういえばそうだった。
　とりあえずあとでゆっくり見ようと、一旦莉子の写真を保存し、俺はカメラロールを開く。
　そして、今日撮った写真を何枚か、富里に送った。
　――プルルル。
　既読がついてすぐ、今度は電話がかかってくる。
　もちろん、着信主は富里。
「もしもし？」
『さすがです、湊先輩……！』
「撮るのすごい恥ずかしかったんだからな。感謝して」
『いやほんとありがとうございます！　朝日先輩の部活姿大好きなんです……！』
　『もうこれ待ち受けにします……！』と言っている富里に、若干心配になった。
　こいつ、ちょっと朝日に対して盲目っていうか、もはやファン感覚だな……。
　お察しのとおり、俺が富里に送ったのは朝日の写真だ。
　莉子の写真が欲しいと言うと、富里は交換条件を持ち出してきたのだ。
『あの、代わりと言ったらなんですけど……』
『ん？』
『朝日先輩の写真とか……持ってないですか？』

『は？　持ってない。男が男の写真なんか撮るかよ』
『えー、やっぱりですかぁ……。ちぇっ』
『……睨まれても困るし』
『よし、それじゃあ撮ってきてください、湊先輩』
『は？』
『あたしは莉子の写真を提供する。代わりに湊先輩は朝日先輩の写真を。これでウィンウィンです！』
『いや……。無理だって。写真とか撮らないし……』
『じゃあ莉子の写真もなしですね』
『……クソ。なんの写真撮ればいい？』
『やったー!!　部活中の写真でお願いします!!』

　そんなこんなで言いくるめられ、今に至る。
　ただでさえ部活中にスマホをいじるなんてご法度なのに、朝日を隠し撮りなんて正気の沙汰じゃなかった……。
　まぁ、それ以上の報酬が貰えたから文句は言えないけど……。
「なぁ、このハロウィンパーティーって、女だけ？」
『そうですよ。何？　嫉妬ですか？』
「ん、ならよかった」
『大丈夫ですよ。莉子は男たちの魔の手から、あたしが守ってきたんで！』

　多分ドヤ顔であろう富里のセリフに、くすっと笑う。
　でも多分、冗談じゃなく本当なんだろう。
　富里は莉子のことを本当に大切にしているし、だからこそ俺も信頼している。

『ところで、他には朝日先輩の写真持ってないんですか?』
「……持ってない」
　女じゃないんだから……と思いながら、ため息をついた。
『えー、せっかく莉子のお宝写真と交換してもらおうと思ったんですけどぉぉ』
　莉子の……お宝、写真?
「……探すわ」
『うわ、手のひら返すの早いですね』
　報酬に目がくらみ、一心不乱に見たくもない朝日の写真を探す。
　サッカー部のグループアルバムやカメラロールにある写真を片っ端から送信した。
　あ、そうだ。
「これとかは?」
　電話をかけながら、部屋の本棚にあった中学の卒業アルバムから、朝日が写っている部分を撮って富里に送る。
『うわ……!　これいつのですか!?』
「中3の……いつだったかな?」
『朝日先輩、髪、短かったんですね……!　きゃー!!』
　お気に召したのか、ジタバタと暴れている音が聞こえた。
「もういいだろ。次は俺の番」
『仕方ないですね、送りましょう』
　妙に上からな言い方が気に障るが、今はもうどうでもいい。
　莉子の写真のことで頭がいっぱいの俺は、トーク画面を

見て今か今かと送られてくるのを待った。
『さすがに莉子の中学時代は持ってないんですけど、前に遊びに行ったときの写真送ります』
　ピロンッ、という音を立て、送られてきた１枚の写真。
　……うっわ。
「……あー……可愛い、何これ」
　某テーマパークに行ったのか、キャラクターの耳をつけ、楽しそうな笑みを浮かべている莉子。
　周りに、莉子の友達だろう女も写っていて邪魔だったので、莉子の部分だけトリミングして見つめた。
　この笑顔、なんでこんな可愛いんだろ。
『ふふっ、それ可愛いでしょ！』
「うん、可愛い」
『……即答って！　湊先輩相変わらずゾッコンですね！』
　相変わらずって……。莉子が可愛いのは、生涯変わらないだろ。
『あ！　あたし的トップ３送りますよ！　その代わり今度朝日先輩の寝顔ください!!』
　寝顔ってどんだけマニアックなんだよ……と思いつつも、トップ３という言葉に食いつかずにはいられない。
『これはー、熱出てぼーっとしてたときです』
　送られてきた写真は、顔を赤らめとろんとした表情の莉子が写っていた。
　なんでこんなときに写真なんて撮ってんだよと思ったが、普段見られない姿に釘付けになる。

『次は……これです！ 気ゆるゆるのときの笑顔。ふにゃってしてるの可愛くないですか!?』

　見ている間に次の写真が送られてきて、慌てて開く。
　うわ……。
「……可愛い」
　もうその言葉しか出てこないような、愛らしすぎる笑顔。
　こんな可愛い生き物がこの世にいていいのかと、本気で心配になってくる。
　いや……いてもらわないと困るけど。
　今更莉子がいない生活なんて、絶対戻れないし。
『それで、これが１番かなー。ふふっ、珍しくうたた寝してたときの秘蔵写真です！』
「……」
　最後に送られてきた写真に、俺は言葉を失った。
「富里」
『はい？』
「……最高」
　ヤバい、なんだこれ。
　気持ちよさそうに眠る莉子の姿が可愛すぎて、言葉を失う……。
　ここまで可愛いと罪だと思いながら、富里との通話を切ったあとに見直そうとしっかり保存した。
　今日はいろんな莉子が見られて、若干キャパオーバーだ。
『なんか湊先輩、変態っぽいですね』
「うるさい」

お互い様だろと言えば、くすくすと笑い声が返ってくる。
『これからは朝日先輩の写真が撮れ次第、随時送ってください!!』
「わかった。……富里もな」
『フフフフッ、任せてくださいよ。契約成立ですね』
　いい仲間ができた……と、多分お互いに思っただろう。
　朝日の写真を撮るのは嫌だが、莉子の写真のためとあらば何枚だって盗撮してやると心に誓った。

【ＥＮＤ】

キミを見つけた日

【side 湊】

　基本的に、人は醜い生き物だと思っていた。
　特に女なんて最低だ。
　いろんな顔を使い分けて、騙して裏切って、平気で嘘を吐ける生き物。
　お前はひねくれすぎだと言われることも多かったけど、その考えは今も変わらない。
　きっと、一生変わることはない。
　でも……俺は見つけてしまったんだ。
　たった1人、俺が心の底から愛しいと思える女を――。

　その日は、珍しく大きなケガをしてしまった。
　部活の練習中。ひとりの部員が俺目掛けて倒れ込んできて、下敷きになったときに足を負傷した。
　生徒会の仕事のことで、若干上の空だった俺にも非があったため、責めたりはしないが、なかなかに酷いケガ。
　痛々しい傷からは血が流れていて、少し動かすだけでも痛みが走った。
「ちょっと待ってね！　今救急箱持ってくるから……！」
「あんた別の仕事中でしょ？　あたしがする！」
「手当てならあたしのほうが得意だってば!!」

マネージャーたちが、そう言って救急箱を取りに走り出そうとする。
　それを、すぐに止めた。
「いい。保健室行くから」
　お前らに手当てしてもらうくらいなら、保健の女教師のほうがまし。
　まるで、俺がケガをしたことを喜んでいるようなマネージャーたちの姿に、吐き気がした。
「でも……保健室、今日は混んでるよ？」
　は？　なに意味わかんないこと言ってんの？
　保健室が混むとか、なんでお前がわかるんだよ。
　ていうか保健室は混む場所じゃないだろ。
　マネージャーたちの言葉をふざけた戯言だと思って、返事もせずに保健室へ向かう。
　その言葉が完全な嘘ではなかったことを、のちに知ることとなる。

　足の痛みを堪えながら、保健室に着いた。
　……ん？
　なんか、やけに騒がしいような……。
　放課後の保健室なんて、普通なら来訪者なんて来ないはずだ……。
　それなのに、外からでもわかるほど、中が騒がしかった。
　不思議に思って中を覗くと、保健室には何人かのケガ人の姿が見える。

でも、見るからに軽傷で、何か他に目的があるようにも見えた。
　とにかく、とっとと手当てして戻ろ……。
　そう思い中に入ってから、俺は違和感に気づいた。
　あー……これ、この女がしてんのか。
　なぜか保健の先生の姿が見当たらず、『保健委員』のプレートをつけた女が忙しなく動いていた。
　入りたくない気持ちがふつふつと湧き上がり、引き返そうかと悩み始めたときだった。
「あ、ケガ人？　……って、うわ、ひどいケガ……痛そー」
　保健室の中で、机に座って何かを書いていた男が俺に気づき、近づいてきた。
「……あんたも保健委員ですか？」
　女に頼むくらいなら、こいつのほうがいい……。
「まあ一応ね。俺は手当てできないけど。すぐに莉子ちゃんが来るから、そこ座ってて」
　最悪……結局女か。
　俺のことを伝えに、女のほうへ行った保健委員を見て、ため息を吐く。
　……もういいや。
　手当ての仕方とかわかんねーけど、自分で適当に消毒して絆創膏貼ろ。
　帰りに病院寄ればいいか……。
　そう思い、保健室を出ようと、立ち上がろうとしたときだった。

「お待たせしました。すぐに手当てしますねっ!」
　手があいたらしい女の保健委員が、俺のほうに歩み寄ってきた。
「……いや、やっぱいいです」
　一応無視するのは悪いと思い、ひと言そう言うと。
「ま、待ってください……!　どこ行くんですか!?」
　あー……追いかけてくるな。
　そう思ったのに、女は突然俺の前に立ちはだかり、保健室の出口を塞いだ。
「そのまま放っておいたら、化膿して酷いことになりますよ……?」
「……」
　……そんなことわかってる。
　でもそれ以上に、女と関わりたくない。特に同年代の女とは。
「もしかして、急いでますか……?」
　……ん?
　なんかこいつ……他の女と違う。
　うまく説明できないけど、女特有の甘ったるい喋り方じゃない。
　心地よく、耳に入る声——。
　女の声に、そっと視線を向けた。
　初めてちゃんと見たその女の顔は、女嫌いな俺でも整っているとわかるほど綺麗な顔をしていた。
　吸い込まれるような瞳と目が合って、ハッとする。

……っ、なんで魅入ってるんだろう、俺は。
　綺麗な目、とか……思ってしまった自分に吐き気がする。
　女は女だ。
　……早く帰りたいから、そこを退いてほしい。
「莉子ちゃん、その子、瀬名くん。女嫌いで有名な子」
　後ろにいた男の委員は、俺のことを知っていたらしい。
「女嫌い……？　あっ、そういうことだったんですね」
　納得した様子の女を見て、ようやく退いてもらえるかと思ったけど、どうやら違うみたいだ。
「あの、もし嫌だったら、目を瞑っててください……！　すぐに終わらせますから……！」
　目を瞑ってろ……？
　……何、こいつ……。
　どんな気の使い方だよと思ったけど、女嫌いと知られてそういう反応が返ってきたのは、初めてだった。
　大概は、自分は他の女とは違うんだと言わんばかりのオーラを出してきて、むやみに近づいてこようとする。
『あたしが女嫌いを治してあげる』とか、意味のわからないことをほざく女も何人かいた。
　それなのに……変なヤツ。
　多分このとき、こいつの言うことを聞いたのは、あまりに変な提案をされたから、判断能力が弱まっていたんだと思う。
　これ以上抵抗するのも面倒になり、おとなしく近くの椅子に座ってしまった。

女は言葉通り、手際よく手当てをする。
　俺はなぜか目を瞑る気になれず、手当てをする女の手元をずっと見ていた。
　……この女、こっち見ない。
　ナルシストみたいだけど、自分が整った容姿をしている自覚はあった。
　……だけどそれを、よく思ったことはない。
　いつだって顔だけで好意を持たれて、まるで俺は顔だけの人間だと言われているみたいだった。
　でも……こいつは俺の顔を、一回も見なかった。
「はい、終わりです」
　そう言って、さっと俺から離れた女。
　それは女嫌いな俺への、最大限の配慮に見えた。
「もし２日経ってもよくならなかったら、病院に行ってください。結構ケガの具合がひどいので……替え用のガーゼをお渡ししておきますね」
　笑顔でそう言って、俺のすぐ近くにあった机に、ガーゼを置いた。
「できれば明日も、消毒しに保健室に来てください。えっと……」
「……」
「明日の放課後は先生と、男の保健委員さんが担当なので安心してください」
「……」
「あっ、朝も女生徒はいないです。昼休みは私がいるので、

朝か放課後をお勧めします」
　わざわざシフト表のようなものを確認して、親切に伝えてくるそいつに、俺は言葉が出てこなかった。
　こいつ……俺のことを、特別扱いしていない。
「部活動中ですよね……？　今日はもう激しい運動は控えてください。傷が広がったら大変なので……早退届出しますね！」
　初めてだった。
　女から、普通に扱われていると思ったのは。
　普通……って言ったらおかしいけど、この見た目のせいで、今までずっと特別扱いを受けてきた。
　そして、それが嫌で仕方なかった。
　どの女も俺の前でだけ、いい顔をしているのが丸わかりで……。
　だからこそ……この女が俺を特別扱いしないことに、一種の感動を覚えたんだ。
「あんた……俺のこと、知ってる？」
「え？」
　自意識過剰のような質問をぶつけた。
　多分、サッカー部での活躍や生徒会活動のせいで、この学校という小さな括りでは、話題にされていると思う。
「あ……すみません。もしかして同じクラスとか、でしたかっ……？」
　うーん……と悩んだあと、返されたその言葉。
　それは俺が、望んでいたものだった。

——こいつは女。そんなことはわかっているけど、他のヤツとは違う気がしたんだ。
「おーい、委員さん!!」
　背後から、この女を呼ぶ声がした。
　新しいケガ人が来たらしく、女は慌てて立ち上がる。
「はーい！　これ、早退届です！　今日は安静にしてくださいね！　お大事にっ」
　笑顔を残して、俺の前から去っていった。
　俺は少しの間ぼーっとして、その場から動けなかった。

　次の日。
　昨日は、あの女のことが頭から離れなかった。
　こんなことは初めてで……というか、昨日から初めて感じる事ばかりで、戸惑っていた。
　なんなんだ、この気持ちは。
　なんであの女のことが気になってるんだろう、俺は。
　考えても理由なんてわからない。
　ただ、もう一度会いたいと思った。
　昼休み、保健室にいるって言ってたな……。
　昼食を食べ終わり、時計を見る。
　俺はそっと席から立ち上がった。
「あれ？　湊どこ行くの？」
「……保健室」
　朝日の言葉にそう返事をして、教室を出た。

保健室の前に着いて、一瞬悩む。
　俺……何やってんだろ。
　わざわざあいつが、女のいない時間帯まで教えてくれたのに……なんで、いるってわかってる時間に、のこのこ来てるんだ。
　戻ろうかと思ったけど、ここまで来て引き返すのも面倒だと思い、意を決して保健室の扉を開けた。
　視界に映ったのは、椅子に座って何かを書いている昨日の女の姿。
「はーいっ、どうしま……あれ？」
　俺を見るなり、女は目を見開いた。
「昨日の、サッカー部の方ですよね？　あっ……すみません、今私しかいなくて……」
　どうやら俺が間違えて来たと思ったらしく、申しわけなさそうに眉の端を下げている。
「放課後は来られないから……今来た」
　俺は自分の意思でここに来たことを誤魔化したくて、そんな嘘をついた。
「そうだったんですね……！　それじゃあ、私が消毒してもいいですか？」
　頷いて、「どうぞ」と勧められるまま椅子に座る。
「あっ、思ってたより治りが早いですね。よかった……」
　俺の傷口を見て、女は本当に、心底ホッとしたような表情を見せた。
　……っ。

他人のケガなのに、どうしてそんな表情をするんだろう。
「……あんた、名前は？」
 自分から女に名前を聞いたことなんて初めてだった。
 とにかく知りたかったんだ、そいつのことが。
 もっともっと、知りたいと思った。
「え？　……こ、小森莉子です……！」
 小森、莉子……。
 なんか小動物みたいな名前……ぴったりだな。
「学年は？」
「１年です……！」
 ってことは、年下……。
 やけにしっかりしていたから、同い年か上かと思っていた……。
 俺の質問に受け答えしながらも、テキパキと手当てをするその女。……じゃなくて、小森。
 細く綺麗な指で、きつくもなく緩くもない適度な間隔で巻かれる包帯。
「……あんた、手当て上手だな」
 率直にそう思って、自然とそう言っていた。
 すると、今まで気を使って俺のほうを見なかった小森が、バッと顔を上げた。
「……っ！　ほ、ほんとですか……!?」
 キラキラと輝く瞳に見つめられ、思わず息を呑んだ。
「そんなふうに言われたことないので、嬉しいです……！」
 満面の笑みを向けられ、心臓が変な音を鳴らす。

ドクドクと脈を打っている胸に、一瞬変な病気になったのかと疑った。
なんだ、これ……。
「正直、痛くないかなとか、うまくできてるかなって不安ばっかりだったので……ありがとうございますっ……！」
心臓、痛いんだけど……。
なんて返事をすればいいかわからなくて……というよりも、言葉が出てこなくて、ただじっと見つめ返す。
小森はそんな俺を見たあと、ハッとした表情になって、「す、すみません……」と言い、また目を伏せた。
違う、別に見ないようにしなくていい。
お前に見つめられるのは……不思議と嫌じゃないから。
むしろ、その瞳に自分が映ったとき……嬉しいと、思ってしまった。
本当にどうしたんだ、俺は。
「……はい、終わりましたっ……！」
ガーゼの交換が終わったのか、小森がそう言って、すぐに俺から離れる。
それに寂しさを感じながら、「……ありがと」と、精一杯の礼を言った。

結局、どうして小森のことが頭から離れないのか、理由はわからなかった。
それどころか、もっと小森のことを考える時間が増えた。
「なあ、朝日」

「んー? どした?」
　放課後の帰り道。
「小森莉子って知ってる?」
　一緒に帰っていた朝日にそう聞いてみた。
「……は?」
　長い沈黙のあと、返って来た声。
　不思議に思い朝日の顔を見ると、目をこれでもかと見開き、俺を凝視していた。
「……なんだよ、なんかヤバいヤツなのか?」
「いや、ちげー……っていうか……お前の口から女の名前が出たから……」
　こいつは幼なじみで、俺の女嫌いをよく知ってる。
　でも、そんなに驚くことかよ……。
　つーか、返事になってねーし。
「知ってんの? 知らないの?」
「知ってる知ってる! 保健室の天使だろ」
「保健室の天使……?」
　なんだそれ……?
　聞き返した俺に、朝日は説明を始めた。
「1年に超可愛い子がいるって、入学してすぐに話題になってた。俺も1回見たことあるけど、あれはマジもんの美少女。フランス人形かなんかだと思ったわ」
　ふーん……。
　確かに、すごい綺麗な顔してたけど……。
　話題になっているという部分が、やけに引っかかる。

男から、人気ってこと……？
「……で？　その子がどうしたの？」
　今度は俺のターンとでもいうかのように、質問をしてきた朝日。
　どうしたって聞かれても……。
「……わかんね」
「え？」
「喋った。なんか女っぽくなかった。他の女と違った」
　どう説明していいか自分でもわからなくて、思ったことを口にする。
「へぇ……で？」
「……頭から離れない」
　今わかってるのは、それだけだ。
「……お前、それ……」
　何かを察した表情をして、朝日が驚いたように言葉を零した。
「え、待って。つーか喋ったの？　お前が？　女と言葉を交わしたの？」
「そう言ってんだろ」
「いやだってさ……えー……」
　もったいぶるように言葉を濁され、若干腹が立つ。
「……なんだよ」
「なんだよって……もうそれ……恋だろ」
「……恋？」
　……は？

恋？　俺が、女に？
「どういう経緯でそうなったかまったくわかんねーけど、その子のこと好きなんじゃないの？」
　ありえない。
　そう言いきれる。
「……それはない」
　この世の何よりも女が嫌いだ。
　そんな俺が……恋なんかするわけがない。
　つーか、しなくていい。
　そんな曖昧な感情で、俺は女に騙されたりしない。
　……いや、多分小森は、人を騙すような人間じゃないだろうけど……。
「へー」
　ニヤニヤと、口角を上げながら俺を見てくる朝日。
「……ま、小森ちゃんモテるだろうから、ほっといたらすぐ彼氏できるだろうけど〜」
　……小森に、彼氏……。
　あんなに綺麗な容姿をしてるから、もう恋人がいたっておかしくはないだろう。
　男に言い寄られることも、山ほどあると思う。
　そう考えると、よくわからない黒い感情で腹の中がいっぱいになった。
「……それはなんか……」
　いい気はしないのは、なんでだ……？
「ふっ、マジか。湊がねぇ……」

「ふふふっ」と不気味な笑みを浮かべる朝日を、横目で睨みつけた。
　こいつ、なんか面白がってない……？
　こっちは本気で悩んでんのに……。
「……気持ち悪い笑い方すんな」
「ふふふっ、いやーだってさ、我が子の成長を見守る親の気持ちみたいで」
「うぜー」
「ま、とりあえず近づいてみる？　俺が根回ししてやろうか？」
「……いい。余計なことすんな」
　つーか、近づかなくていいし、別に……。
　はっきりと言いきれない自分に、少し腹が立った。
　マジで、なんなんだよ、この感情は……。

　最後に小森を見てから、１ヶ月が経った。
　あれ以来、何かにつけて小森のことを考えてしまう。
　それを疎ましく思いながらも、自分ではどうすることもできなかった。
　ただ日に日に、自分の中で小森の存在が大きくなっていることは、否定できなかった。
「お、小森さんだ」
　サッカー部の練習中。
　男子マネージャーの１人が一点を見つめながらそう言うので、リフティングをしながら俺はすぐに視線をそちらへ

向けた。
　その先に、誰かを待っているのか、友人２人とベンチで座っている小森の姿が。
「……知ってんの？」
「そりゃね。知らない人はいないでしょ」
　俺の質問に、デレデレと鼻の下を伸ばしている。
　……やっぱり、有名なのか。
「どんなヤツ？」
「何？　瀬名くんが女の子の話するとか珍しいね」
　気になって聞いた俺の言葉に、そんなセリフが返ってきて、思わず口をキュッと閉ざした。
　俺の反応に驚いた表情をしたあと、フッと微笑む男子マネージャー。
「１回ケガの手当てしてもらっただけだから、詳しいことは知らないけど……優しい子、だと思う」
　……優しい……か。
　それは、俺も抱いた感想だった。
「俺みたいなブ男にも優しかったし。あんなふうに、女の子に分け隔てなく接してもらえたの初めて」
　その言葉で、改めて確信した。
　小森は、きっと平等に接している。
　誰のことも特別扱いせず、誰にでも優しく。だからあいつからは、俺が知ってる他の女みたいに、主張の強さが感じられなくて心地よかったんだ。
　"保健室の天使"……か。

あながち間違ってはいないかも……と思った瞬間、そんな自分の思考が恥ずかしくなった。
　……っ、あ。
　リフティングが乱れて、ボールが小森たちのほうへ転がっていってしまう。
　どんな凡ミスだよ……と思いながら、急いでボールを取りに走る。
　小森たちの10メートル手前くらいで、ようやく止まったボールを拾う。
　幸い小森たちは俺たちに背を向けて座っていたので、近づいても気づかれなかった。
　ボールを取って、戻ろうと思ったとき。
「ねえ、紗奈って最近鬱陶しくない？」
　小森の隣に座る女が、そう言ったのが聞こえた。
「男の話ばっかで、ちょっと美人だからって偉そうだし」
「わかるー。莉子のほうが可愛いのにね」
　その隣にいた別の女も、同調するようにそう言う。
　……出た。
　女が集まるとすぐにこうなるのか……と呆れるしかなかった。
　紗奈という女が誰かは知らないが、多分共通の友達なんだろう。
「内心僻(ひが)んでそうじゃない？　性格悪そうだし」
　盗み聞きしているようで嫌だったが、それ以上に、久しぶりに見た女の裏の部分に、心底嫌気がさした。

結局女って、こういう生き物だよな。
　いろんな顔を使い分けて、騙して裏切って、平気で嘘をつける生き物。
　どれだけ仲がよくても、裏では何を言っているかわかったもんじゃない。
　それが、普通で——。
「違うよ」
　——え？
「え？」
　俺の心の声と、小森の友達であろう女たちの声がシンクロする。
　小森が発したのは、予想していなかった言葉だったから。
「僻む？とか、わからないけど、紗奈ちゃんはすごく優しいよ」
　俺は、ボールを持ったまま、動けなくなった。
「偉そうに見えるのはきっと、しっかりしてるからだと思う。紗奈ちゃん頼りになるもんねっ」
　——変なヤツ。
　小森を初めて会ったとき、そう思った。
　でも……違う。
　こいつは変なヤツなんかじゃない。
　ただ……心が綺麗なんだ。
「……そ、そうだね」
「姉御って感じだもんね、ははっ……」
　苦笑いが聞こえ、俺はこの話の続きが気になって盗み聞

きを続行する。
「ふふっ、そうでしょう？　とっても頼りになるもん」
　小鳥のさえずりのような声が、辺りに響いた。
　俺はじっと、小森の背中だけを見つめる。
　……こいつは、すごいヤツだ。
「な、なんかごめんね……！　ちょっと思っただけで、あたしも紗奈のこと好きだから……！」
「そうそう、ちょっと言いすぎた。ごめんね」
　小森の優しさに、他の２人はもう何も言えなくなったらしい。
　申しわけなさそうな声色は、毒牙を抜かれたみたいだった。
「お待たせー！　……って、あれ？　どうしたの？」
　話の途中で、別の方向から声が聞こえた。
「紗奈ちゃん、おかえりっ。先生の話どうだった？」
　どうやら、さっきまで話題の中心だった紗奈という女が戻ってきたらしい。
　小森は心配そうに言って、首を傾げた。
「大丈夫。なんともないわよ。補習だって」
「え、そ、それは大丈夫なの……？」
「平気平気。それより、なんの話してたの？」
　小森の肩が、ビクッと震えた気がした。
　それ以上に、他の女２人が気まずそうにしているのがわかる。
　そりゃそうだ。お前の悪口言ってましたなんて、言える

わけないだろ。
　女２人のどっちが誤魔化すために言い訳をするのか……そう思っていた俺の耳に届いたのは……。
「え、えっとね……今日の晩御飯は何かなぁ？って」
　まさかの、小森の声だった。
　しかも、突拍子のなさすぎる回答。
　他２人を庇(かば)おうとしたんだろうけど、あまりに無理がありすぎる。
「……は？」
　紗奈と呼ばれた女も、唐突すぎる小森の発言に困惑しているようだ。
　……ダメだ。
「ふっ……誤魔化すの下手すぎ……」
　無理、面白すぎて……。
　俺はついに我慢できなくなり、気づかれないようにグラウンドへ戻る。
　小森たちから離れて、俺は我慢の糸が途切れたように腹を抱えた。
「あ、瀬名くん遅かったね。ボールあった？　……って、どうしたのお腹抱えて笑って……！」
「ははっ……ヤバ、ツボった……」
「ツ、ツボった？」
　近寄ってきた男子マネージャーが、変なものを見るような目で俺を見てくる。
　でも、もう無理。おかしすぎて腹痛い。

なんなのあいつ。
　優しいのかお人好しなのかバカなのか……って、全部か。
　ああもう、おかしい。
　ダメだ、好きだ。
　朝日が言っていたとおり、これは恋だ。
「ふっ、晩御飯……ひっ……ははは っ」
　もっと他に、いい言いわけなかったのかよ。
　ほんと……面白いヤツ。
「……ど、どうしよう……瀬名くんがおかしくなっちゃった……‼　誰かー‼」
　グラウンドに俺の笑い声と、男子マネージャーの声が響いた。

　俺は小森が好き。
　そう自覚してから、告白を決心するまでは早かった。
「朝日、好きになった」
　部活終わりのいつもの帰り道。
　俺はひとまず、朝日にそう伝えた。
「え？　俺のこと？」
「気色悪い」
「ひどっ。つーか、やっと自覚したのかよ」
　主語がなくても、ちゃんと伝わるのは、幼なじみだからだろうか。
　相変わらずニヤニヤと緩んだ顔で見てくるのは、腹が立つけど……。

「やっとってなんだよ」
「お前最近ずっと上の空だし、女嫌いのお前がその子の名前を出したときから、俺は気づいてたけどね〜」
　どうやらこいつは、俺以上に俺の気持ちがわかってるらしい。
「じゃあもっとはっきり言えよ」
「いや、それは理不尽！」
　その言葉は無視をして、ふぅ……と息を吐く。
「告白する」
「お前……いろいろと急な男だな」
「取られたら嫌だし。可愛いから、俺以外にも狙ってる男はいるだろ」
　もう、自分の気持ちに嘘はつかない。
　女を好きになったなんて、認めたくなかったんだ。
　でも……そんなことを言っていたら、他のヤツに取られてしまう。
　あいつは、俺が見つけた。
　優しくてお人好しでちょっとアホっぽくて……唯一無二の女だから。
　今はもう、小森を自分のものにすることしか頭にない。
「ま、ライバルは多いだろうね〜」
「……誰にもやらないし」
　朝日の言葉にそう返事をして、俺は決意を固めた。
　絶対に、欲しい。
　こんなにも何かを欲しいと強く願ったのは、多分初めて

だと思う。
　そして、きっとこの先、これ以上欲するものは現れないと断言できた。

　初めての恋。
　初めて好きになった女。
　きっと初めて会ったあの日から惹かれていたんだと、今なら素直に認められる。
　誰にも渡したくない。
　俺だけを見てほしい。
　そんな感情、初めてだった。
　小森はきっと俺になんて興味ないだろうし、今はまだ片想いだけど──どんな手を使っても、恋人にしてみせる。

「ねえ、紗奈ちゃん。女の人が苦手な、サッカー部の先輩って知ってる？」
「は？　あんたそれ、瀬名先輩のこと？」
「瀬名、先輩？」
「……嘘でしょ。この学校で瀬名先輩を知らない女子がいるなんて……！」
　──その願いが叶うのは、もう少し先の話。

【END】

バレンタインデー

　２月14日。
　初めて迎える、恋人のいるバレンタインデー。

「お邪魔しまーす！」
　元気いっぱいな挨拶で家に入ってきたのは、紗奈ちゃん。
　今日は両親が出掛けていて、紗奈ちゃんとバレンタインのチョコレートを作る約束をしていた。
　料理が苦手で不安がっていた紗奈ちゃんを、私が誘ったんだ。
「ごめんね、あたしの分まで教えてもらって」
「ううん！　美味しいの作ろうね！」
　紗奈ちゃんは朝日先輩に渡す予定。
　友達としてうまくいってほしいと願っている。
「朝日先輩、甘いの苦手だからビターチョコのスコーンと紅茶のクッキーにしようと思ってるんだ！」
「２種類作るんだね」
「数打ちゃ当たる戦法よ……!!」
　バレンタインだからって、別に数は必要はないんじゃないかな……と思いながら、苦笑いを返した。
「莉子は何作るの？」
　紗奈ちゃんの質問に、ふふっと笑う。
「私はね、ガトーショコラ」

「また、そんなすごそうなもの……」
「ガトーショコラは難しくないよ！ 湊先輩、甘いもの好きなのに食べたことないんだって」
「へぇ、そうなんだ」
「このハート型で作るの」
「え、デカ!! 1ホール？」
「ふふっ、うん！」

　お昼ご飯は、いつも菓子パンを食べている湊先輩。

　お菓子とかケーキとかが好きなのかな？と思ったら、そのとおりだった。

『甘党なんですね！』
『……まぁ。なんか嫌だけど』
『え？ どうしてですか？』
『男なのに甘いもの好きって、かっこ悪くない？』
『そんなことないですよ！ 私もケーキとか大好きなので、よかったらまた一緒に食べに行きましょうっ！』
『うん。俺あんまりケーキ食べたことないし……』
『え？ でも、誕生日ケーキとか……』
『誕生日ケーキ？』

　そのあと詳しく聞くと、どうやら湊先輩は、誕生日ケーキを食べた記憶がないらしい。

　誕生日なのに家に誰もいなかったという話を聞いたときは、とても悲しい気持ちになった。

　だからというわけじゃないけど、大好きな甘いケーキをたくさん食べてもらおうと思ったんだ。

私の１番のオススメはガトーショコラだから、まるまる１ホール、ハート型で作るつもり。
　湊先輩、喜んでくれるといいなぁ……。
「よし、早速作ろっか！」
「りょーかい！　今日は莉子が師匠ね！」
「し、師匠って……」
　また苦笑いを返したあと、２人でお菓子作りを始めた。

「うん、完成！」
　テーブルの上に並べたお菓子を眺めて、そう呟いた。
　上手にできてよかった……。
「あたしが作ったと思えない出来だわ……。さすが莉子」
　綺麗に仕上がったスコーンとクッキーをまじまじと見つめて、目を輝かせている紗奈ちゃん。
「私は何もしてないよ。紗奈ちゃんが頑張って全部作ったんだもん！」
　朝日先輩のために一生懸命作っていた紗奈ちゃん。
　笑顔を返すと、紗奈ちゃんは反対に少しだけ不安そうな表情を浮かべた。
「これで少しでも、他の女に差をつけれたらいいけど……」
「他の女？」
「朝日先輩モテるでしょ？　多分すごい数のチョコ貰うだろうからさ……。だからあたしはチョコとはちょっと違う路線で攻めてみたの！」
　あ、そういうことだったんだ。

「なるほど……！」
　確かに、チョコレートばっかり貰うだろうから、そのなかでスコーンとクッキーはありがたいだろうな。
　さすが紗奈ちゃん、よく考えてる……！
「朝日先輩からしたら、あたしはただの後輩で、眼中にないだろうけど……。ちょっとでも頑張りたいから」
　どこか寂しそうにそう言った紗奈ちゃんの横顔。
　んー……でも朝日先輩、紗奈ちゃんのこと好きなはずなんだけどなぁ……。
　私にもよく紗奈ちゃんのことを聞いてくるし……。
　不安になっている紗奈ちゃんがかわいそうで、ぎゅっと手を握った。
「そんなことないよ紗奈ちゃん」
　朝日先輩は、私と約束したんだから。
　紗奈ちゃんのこと、傷つけないって。
「紗奈ちゃんはとーーっても素敵な女の子だから！　朝日先輩だって、きっと気づいてる！」
「ふふっ、ありがと。ちょっと勇気出た」
　私の言葉に、ようやく明るい笑顔を浮かべた紗奈ちゃん。
　それにひと安心して、ホッと息をついた。
「よーし！　明日の昼休み、渡すわよ!!」
　こくりと笑顔で頷いて、できあがったケーキをラッピングする。
　湊先輩……喜んでくれるといいな……。

【side 湊】

　バレンタインという日が、俺は1年で一番嫌いだった。
　俺が女からのプレゼントなんて直接受け取らないとわかっているからか、靴箱や机……挙げ句の果てには部室のロッカーにまで詰め込まれるチョコの山。
　さすがの俺も食べ物を捨てるわけにはいかず、欲しいと言う男に配っていたら謎に僻まれる始末。
　俺にとって迷惑極まりないこの行事が、無くならないものかと頭を抱えていた。
　でもそれも、去年までの話。

「湊ー！」
　登校中に名前を呼ばれ、その声で誰かすぐにわかった。
　けれど、振り返るのは面倒なので、気にせず歩く。
「おい、無視は酷いだろ、お前」
「朝からうるさい」
「ひっでー、今日は上機嫌だと思ったのに」
　朝日の言葉に、否定はしない。
　上機嫌……というか、まあ、そりゃ期待するだろ。
「お？　やっぱ上機嫌じゃん」
　ニヤニヤとこっちを見てくる朝日がうざくて、右足を蹴ってやった。「痛っ」とか言って痛がっているけど、絶対わざとだ。
「それにしても湊、毎年この日には眉間にすごいしわ寄せ

て今にも怒り狂いそうなほど不機嫌だったのになぁ……」
「……」
「恋すると、人って変わるんだね？」
「……うざい」
　もう一回蹴るぞという意味を込めて睨みつけたけど、朝日は相変わらず楽しそうに笑うばかり。
　つーか……。
「お前だって浮かれてるだろ今日」
　俺のことばっか言いやがって。
「まーねっ」
　鼻歌でも歌い出しそうなほど軽やかなスキップをしている朝日が、面倒くさくて仕方ない。
　人のことばっ言ってるんじゃねーな。
「本命、貰えたらいいけどぉ」
　多分こいつは、富里のチョコのことを言っているに違いない。
　俺からしたら、100%貰えるに決まっていると思うけど。
　富里の朝日大好き度は異常だ。
　まぁ……こいつもそれなりに、好きなんだろうけど。
　朝日が１人の女に執着してんの、多分俺が知る限りでは初めてだし……。
「あの！　朝日くん！」
　背後から、隣の奇人を呼ぶ声がした。
　……出た。
「これ……」

立ち止まった朝日とは対照的に、俺は歩くスピードを速める。
　こんなんに構ってられるか。
　どうせいつものように、笑顔で受け取ってサッカー部のヤツらにあげるんだろう。
　そう、思ったのに。
「ごめんね、今回は受け取れないんだ」
　朝日のセリフに、俺はピタリと足を止めた。
「え……？　付き合ってる人、いるんですか？」
　振り返ると、断られた女が今にも泣きそうな顔で朝日のことを見ている。
「付き合いたいって思ってる子がいるから、その子以外からは貰えない。ごめんね」
　きっぱりとそう言って、朝日は再び歩き出した。
「……意外」
「ん？　何が―？」
「お前、毎年片っ端から受け取ってるから」
　断ってるとこ……初めて見たな。
「まーね。断んのも面倒だったから、貰ってたんだよね。でも、もともと迷惑だったしさー、これを機会に断ろうかなって」
　どうやら富里への気持ちは、結構マジらしい。
　それにしても……。
「迷惑って……」
　笑顔で言うからたちが悪い、こいつは。

何人の女がこの男に騙されてるんだろうな。
「湊は賛同してくれるでしょ？」
「お前が言ったら女が泣くだろ」
「いや、だって好きでもない子の手作りとか俺、絶対無理だし。潔癖なの知ってるっしょ？　市販のお高いチョコはありがたくいただいてるけど、手作り系は全部処理班に任せてたし」
　……最低。
　朝日の言葉に、普通にドン引きした。
　だったら愛想よくしたり、期待させるなよな……。
　富里も、こんな男のどこがいいんだろ……。
　頼むから富里を泣かせるようなことだけはしないでほしい。莉子が悲しむから。
「俺が女だったら、お前だけは好きにならない」
「えー、ショック。つーかそれ紗奈ちゃんの前で言うなよ」
「口が滑るかもしれない」
「しばくぞ」
　表情は笑顔だったが、声のトーンはマジだった。

「……なんだこれ」
　靴箱の前で、呆然と立ち尽くす。
「えー、湊が言ったんじゃん！　今年は絶対莉子ちゃん以外から死んでも受け取らないーって。だから昨日のうちに俺が先回りしておいてあげたっ」
　語尾に音符マークがつきそうな口調の朝日に、呆れた顔

を返す。
　俺の靴箱の四方八方に貼られたガムテープ。
　綺麗に剥がして中を見ると、そこには俺の上靴だけがしっかりと入っていた。
　バレンタインにチョコが入っていなかったのは、物心ついてから初めてかもしれない。
「……まぁ、さんきゅ」
　ベタベタするのは嫌だけど、チョコの処分に困らないから一応助かった。
「あら素直。朝日びっくり」
　そう言っておどけたポーズを取る朝日。
「……気持ち悪」
　ちなみに、ガムテープは俺の机、部活のロッカーすべてに貼られていた。

　昼休み。
　屋上は寒いから、最近は生徒会室で昼飯を食べている。
　朝日からは職権乱用と言われたが、莉子をあんな寒い場所に連れていくわけにはいかない。
「今更なんだけどさ、俺紗奈ちゃんから貰えなかったらどうしよ」
　２人で生徒会室に向かっている最中、朝日がそんなことを言い出した。
「なんだよ急に」
　さっきまで貰えて当然って感じだったろ。

「いや、当たり前みたいに思ってたけど、俺らまだ付き合ってないし。あの子美人だから普通にモテるじゃん」
　ぼんやりと前を見つめながら話す朝日に、こいつもたまには真面目に考えるんだなと驚いた。
「余裕ぶっこいてると、他のヤツに取られたりして」
「じゃあとっとと付き合えよ」
　両想いのくせに、何を迷っているのか……さっぱり理解できなかった。
「いやー、この微妙（びみょう）な距離が楽しいっていうか、やきもきしてる紗奈ちゃん可愛いんだよね」
　……俺には、変人の考えはわからない。
「取られてから後悔しても遅いぞ」
「やっぱり？　焦るぅ」
　まるで焦っていない口調だったので、危機感がないとため息をついた。
　でも、一瞬、朝日の目つきが変わる。
「……ま、そんなヤツいたら俺が絞めるけど」
　あ、本気の目だ、これ。
　やっぱりこいつ、ヤバいヤツだ……と再確認し、早く莉子に癒されたいと切実に思った。
「あの！」
　……あ？
　前方から来た１人の女子生徒。
　嫌な予感がして、聞こえないふりをする。
「瀬名先輩!!」

「……」
　名前を呼ばれ、ため息をつきたくなった。
　ここまで、誰からもチョコを渡されずにきたのに……。
「これ……ガトーショコラ作ったんです。よかったら……」
　つーか、先輩って言った？
　莉子と同い年ってことは、俺たちが付き合ってんの知ってるはずだろ。
　その上で渡してくるとか、図太すぎ。
　このまま無視をしようかと思ったとき、隣にいた朝日が女を見ながらにっこりと微笑んだ。
「ごめんねー？　湊、ガトーショコラ大っ嫌いだから食べられないんだっ」
　こいつ、楽しんでるだろ……。
　相変わらず趣味が悪いと思いつつ、断る言いわけだったらなんでもよかった。
「……そういうことだから」
　それだけ言って、女の横を通り過ぎた。
「……え」
　後ろから聞こえてきた声に、すぐさま振り返る。
　たったひと言なのに、誰の声かすぐにわかった。
「莉子」
　聞き間違えるはずがない。
　誰よりも愛しい声を。
「あ……お、お疲れ様です、湊先輩っ……」
　莉子たちも生徒会室に向かっていたらしく、すぐにそば

へ寄ってくる。
「ふっ、なにそのよそよそしい挨拶。お疲れ様」
　そう言って微笑みかけると、なぜか莉子は困ったように笑った。
　　……ん？
「どうした莉子」
「え？」
「なんか様子変じゃない……？」
　心配になって、顔を覗き込む。
「だ、大丈夫です……！　早く生徒会室行きましょう？」
　こてん、と首を傾げる姿が可愛すぎて、抱きしめたい衝動を抑えた。
「ん、行こっか」
　莉子が持っている紙袋って……。
　そこまで考えて、今にも頬が緩みそうなのを隠して平静を装う。

「いただきまーす」
　いつものように、ソファに座って４人で昼飯を食べる。
　それなのにどうしても紙袋が気になってしまって、そんな自分に呆れた。
　小学生かよ……。
「あ、あの……バレンタイン、なんですけど……」
　ドキッと、心臓があからさまに反応する。
「私、作るの失敗しちゃって……。また今度、持ってきま

す……。すみません……」
　……え？
　申しわけなさそうにする莉子の姿を見つめる。
　そっか……。
　期待していたから、多少は落ち込むけど、別にそんなことで怒ったりしない。
「なんで謝んの。そんなの気にしなくていいから」
　作ってくれたことが嬉しいから、それだけで十分だ。
　でも……だとしたら、この紙袋は？
　袋からリボン見えてるし、あきらかにチョコだよな？
　俺以外に、渡す相手がいるってこと……？
　いや、それはない……はず。
「あの……私、用事があるのでお先に失礼します……！」
　ぐるぐると１人で考えていると、突然立ち上がった莉子がそう言って生徒会室を出ていってしまった。
　引き止める暇もなく、出ていった扉をただ見つめる。
　莉子……？
「……莉子ちゃんなんか変じゃない？」
　朝日もそう思ったのか、俺は富里のほうを見る。
「富里、莉子なんかあった？」
　あきらかに、様子が変だった。
　なんか、莉子泣きそうな顔してなかったか……？
「えーっと……」
　言いにくそうに口を開いた富里に、俺は何かがあったのだと確信した。

そして、ごくりと息を呑む。
　あの紙袋のチョコといい、まさか……。
　嫌な予感がした俺の耳に届いたのは──。
「湊先輩、ガトーショコラ嫌いなんですか？」
　富里の、そんなセリフ。
　え？
　ガトーショコラ……？
「……ごめん、俺まずいこと言っちゃった？」
　俺のほうを見て、朝日が顔をしかめる。
　……もしかして……。
「俺、行ってくるわ」
　莉子は、俺に……。
「早く追いかけろ、湊！」
「お前が言うな」
　そう返事を残して、生徒会室を出る。
　どこに行った、莉子……！
　ひとまず莉子の教室に向かったが、どこを探しても莉子の姿は見当たらない。
　莉子が行きそうな場所……あ、保健室。
　今頃１人で傷ついているかもしれないと思うと、たまらない気持ちになった。
　多分あの紙袋は、俺宛(あて)だったんだろう。
　中身はきっと、ガトーショコラ。
　さっき俺が嫌いだと言ったのを聞いて、渡せなくなったに違いない。

周りの目も気にせず、廊下を全力で駆ける。
　すぐに保健室に着いて、俺は勢いのまま扉を開けた。
「莉子‼」
　……いた……！
「湊先輩……？」
「瀬名くん？」
　保健室には、椅子に座って話していたらしい保健の先生と……俺を見て目をまん丸に見開いている莉子がいた。
　よかった……。と思ったのもつかの間、先生の机の上に置かれた紙袋を見て、慌てて歩み寄る。
　もしかして、俺に渡せないから、先生にあげた……とか？
「すみません、これ俺のなんで」
　莉子が俺に作ってくれたんだ。
　誰がなんと言おうと、莉子が俺に渡したくないと言おうと……これは俺のもの。
「え、せんぱ……！」
「莉子、来て」
　莉子の手を握って、保健室を出る。
「青春ねぇ……！　いってらっしゃーい！」
　背中越しに、先生の声が聞こえた。
　そのまま、一番近くのあき教室に入って鍵を閉め、莉子を思いっきり抱きしめて首筋に顔を埋める。
　えっと……何から、謝ろう……。
「あの、どうしたんですか……？」
　不思議そうに聞く莉子に、申しわけない気持ちになった。

「どうしたって……。これ、本当は俺に渡す予定だった？」

抱きしめていた腕を離し、紙袋に視線を移す。

「……っ」

図星だったのか、目を見開かせたあと、俯いた莉子。

「ご、ごめんなさい……嘘ついて……」

莉子が謝る必要なんてないのに……。なんで、こんな優しいんだろう。

愛しくてたまらなくて、莉子の頬に手を添える。

そのまま髪に手を通して撫でると、莉子は俺を見ながら瞳から涙を溢れさせた。

「私、彼女なのに、先輩の好き嫌いも知らないなんて……。情けないです……っ」

ああ……最悪だ。

こんな顔させたくないのに、また泣かせた。

情けないのは俺のほう。

「莉子、ごめん。違うんだ……。俺、嫌いじゃないから」

「……え？」

「ガトーショコラ、だっけ？ つーか前に食べたことないって言わなかったっけ……？」

「あ……！ それは……」

「さっきのは、断るために朝日が気をきかせてああ言っただけ」

だから安心して、という気持ちを込めて、もう一度頭を撫でる。

莉子は安心したのか、肩の力をすとんと抜いたのがわ

かった。
「よかった、です……」
　ぽすっと、俺のほうにもたれる莉子。
　その姿が可愛くて、心臓をぎゅっと鷲掴みにされる。
「莉子のチョコ、俺にくれる？」
「はいっ……」
　俺を見上げて、にっこりと微笑む可愛い恋人。
「はー……間に合ってよかった」
「間に合う……？」
　不思議そうに、首を傾げる莉子。
「俺がガトーショコラ嫌いだって聞いたから、保健の先生に渡そうとしてたんでしょ？」
「ち、違います！　保健の先生には別のチョコを用意していたので、それを……。湊先輩が嫌いだからって、湊先輩に作ったものを他の人にあげたりしませんよ？」
　なんだ……そうだったのか。よかった。
「貰って……くれますか？」
「うん。すっげー嬉しい」
　紙袋を改めて受け取って、ハート型の箱をあける。
　中からハート型のケーキが見えた。
　ヤバい、にやける……。
　可愛くて愛しくて仕方ない恋人からの、初めてのバレンタイン。
　死ぬほど味わって食おう……。
「ありがと。……つーかデカくない？」

ホールケーキ……？
　嬉しいけど、こんなに貰っていいの？
「ふふっ、はい。私の気持ちですっ」
　照れくさそうにそう言う莉子が可愛すぎて、目眩がした。
「何それ……」
　そんなこと言われたら、どうしようもないって。
　もうただでさえ好きで好きで仕方ないのに、これ以上俺をどうしたいんだよ。
　無自覚に煽ってくるから、尚更たちが悪い。
「ね、今日放課後俺の家来て」
「え？」
　煽った責任は、ちゃんと取ってもらわないと。
「ケーキ、一緒に食べよ」
「はいっ……！」
　即答した莉子に笑顔を返して、心の中で呟いた。
　"放課後、覚悟しておいて"
　このケーキが莉子の気持ちだっていうなら……。俺の気持ちがどれだけのものか、しっかり教えてあげるから。

【END】

あとがき

このたびは、数ある書籍の中から『クールな生徒会長は私だけにとびきり甘い。』を手に取ってくださり、ありがとうございます！

『溺愛120%の恋♡』シリーズとして２冊目となる本編、楽しんでいただけましたでしょうか？

今作は、１作目にも登場した莉子ちゃんと湊先輩の物語です！ クールなサッカー部のエース兼生徒会長な湊先輩と、心優しい保健室の天使こと莉子ちゃん。今回も甘々全開を目指し、書かせていただきました！

完全無欠のハイスペック男でありながら、女嫌いな湊先輩が莉子ちゃん限定で溺愛、甘々になるのは、書いていてとても楽しかったです。
まだ１冊目が未読であれば、是非１冊目の莉子ちゃん湊先輩のエピソードのほうもチェックしていいただけると嬉しいです。

朝日先輩と紗奈ちゃんの恋の行方も、今後シリーズ内で判明しますので、楽しみにしていてください…！

そして、こちらも１冊目でも登場した湊先輩の弟である

京壱くんですが、次回作の主人公ちゃんのお相手になります！　察している方もいらっしゃるかと思いますが、京壱くんはちょっと愛情が深すぎる男の子です！（笑）
　表向きは優しい学園の王子様、裏は独占欲まみれの狂愛男子な京壱くんの溺愛模様を描いていきますので、ぜひ次回作も読んでいただけると嬉しいです！

　改めまして、ここまで読んでくださり本当にありがとうございます！　こうして無事に2冊目を書き終えられたのは、様々な方のお力添えのお陰です！

　いつも大変お世話になっております、担当の本間様。優しく寄り添ってサポートしてくださる編集の加藤様。1作目に続き、とびきり素敵なイラストを描いてくださった覗あおひ様。
　私の一番の支えである、お母さんとお父さん、可愛い姉妹たち。そして、いつも温かく見守ってくださる、大好きな読者の皆様。
　書籍化するにあたって、携わってくださった全ての方々に、深く御礼申し上げます！
　溺愛シリーズはまだまだ続きますので、今後の作品もどうぞ宜しくお願いいたします(*´˘`*)！
　次回作でもお会いできることを願っています！

2019年1月25日　＊あいら＊

この物語はフィクションです。
実在の人物、団体等とは一切関係がありません。

＊あいら＊先生への
ファンレターのあて先

〒104-0031
東京都中央区京橋1-3-1
八重洲口大栄ビル7F

スターツ出版（株）書籍編集部 気付
＊あいら＊先生

クールな生徒会長は私だけにとびきり甘い。

2019年1月25日　初版第1刷発行
2020年4月7日　　第4刷発行

著　者　＊あいら＊
　　　　©＊Aira＊ 2019

発行人　菊地修一

デザイン　カバー　金子歩未（hive&co., ltd.）
　　　　　フォーマット　黒門ビリー＆フラミンゴスタジオ

DTP　朝日メディアインターナショナル株式会社

編　集　本間理央
　　　　加藤ゆりの　三好技知（ともに説話社）

発行所　スターツ出版株式会社
　　　　〒104-0031 東京都中央区京橋1-3-1　八重洲口大栄ビル7F
　　　　出版マーケティンググループ TEL03-6202-0386
　　　　（ご注文等に関するお問い合わせ）
　　　　https://starts-pub.jp/

印刷所　共同印刷株式会社
Printed in Japan

乱丁・落丁などの不良品はお取り替えいたします。上記出版マーケティンググループまで
お問い合わせください。
本書を無断で複写することは、著作権法により禁じられています。
定価はカバーに記載されています。

ISBN 978-4-8137-0612-0　C0193

ケータイ小説文庫 2019年1月発売

『今すぐぎゅっと、だきしめて。』Mai・著

中学最後の夏休み前夜、目を覚ますとそこには…なんと、超イケメンのユーレイが‼ヒロと名乗る彼に突然キスされ、彼の死の謎を解く契約を結んでしまったユイ。最初はうんざりしながらも、一緒に過ごすうちに意外な優しさをみせるヒロにキュンとして…。ユーレイと人間、そんなふたりの恋の結末は⁉
ISBN978-4-8137-0613-7
定価:本体 590 円+税

ピンクレーベル

『総長に恋したお嬢様』Moonstone・著

玲は財閥令嬢で、お金持ち学校に通う高校生。ある日、街で不良に絡まれていたところを通りすがりのイケメン男子・憐斗に助けられるけれど、彼はなんと暴走族の総長だった。最初は怯える玲だったけれど、仲間思いで優しい彼に惹かれていって……。独占欲強めな総長とのじれ甘ラブにドキドキ‼
ISBN978-4-8137-0611-3
定価:本体 640 円+税

ピンクレーベル

『クールな生徒会長は私だけにとびきり甘い。』*あいら*・著

高1の莉子は、女嫌いで有名なイケメン生徒会長・湊先輩に突然告白されてビックリ! 成績優秀でサッカー部のエースでもある彼は、莉子にだけ優しくて、家まで送ってくれたり、困ったときに助けてくれたり。初めは戸惑う莉子だったけど、先輩と一緒にいるだけで胸がドキドキしてしまい…?
ISBN978-4-8137-0612-0
定価:本体 590 円+税

ピンクレーベル

『キミに捧ぐ愛』miNato・著

美少女の結愛はその容姿のせいで女子から妬まれ、孤独な日々を過ごしていた。心の支えだった彼氏も浮気をしていると知り、絶望していたとき、街でヒロトに出会う。自分のことを『欠陥人間』と言う彼に、結愛と似たものを感じ惹かれていく。そんな中、結愛は隠されていた家族の秘密を知り…。
ISBN978-4-8137-0614-4
定価:本体 590 円+税

ブルーレーベル

ケータイ小説文庫 好評の既刊

『キミが可愛くてたまらない。』 *あいら*・著

高2の真由は隣に住む幼なじみ・煌貴と仲良し。彼はなんでもできちゃうイケメンで女子に大人気だけど、"冷血王子"と呼ばれるほど無愛想。そんな煌貴に突然「俺のものになって」とキスされて…。お兄ちゃんみたいな存在だったのに、ドキドキが止まらない!! 甘々120%な溺愛シリーズ第1弾!

ISBN978-4-8137-0570-3
定価:本体590円+税

ピンクレーベル

『愛は溺死レベル』 *あいら*・著

癒し系で純粋な杏は、入学した高校で芸能人級にカッコいい生徒会長・悠牙に出会う。悠牙はモテるけど彼女を作らないことで有名。しかし、杏は悠牙にいきなりキスされ、「俺の彼女になって」と言われる。なぜか杏だけを溺愛する悠牙に杏は戸惑うけど、思いがけない優しさに惹かれていって…!?

ISBN978-4-8137-0440-9
定価:本体590円+税

ピンクレーベル

『お前だけは無理。』 *あいら*・著

大好きだった幼なじみの和哉に突然「お前だけは無理」と別れを告げられた雪。どうしても彼をあきらめきれず、彼と同じ高校に入学する。再会した和哉は変わらず冷たくて落ち込む雪。しかし雪がピンチの時には必ず助けてくれる彼をどうしても忘れられない。和哉の過去に秘密があるようで…。

ISBN978-4-8137-0369-3
定価:本体590円+税

ピンクレーベル

『クールな彼とルームシェア♡』 *あいら*・著

天然で男子が苦手な高1のつぼみは、母の再婚相手の家で暮らすことになるが、再婚相手の息子は学校の王子・舞だった!! クールだけど優しい舞に痴漢から守ってもらい、つぼみは舞に惹かれていくけど、人気者のコウタ先輩からも迫られて…? 大人気作家*あいら*が贈る、甘々同居ラブ!!

ISBN978-4-8137-0196-5
定価:本体570円+税

ピンクレーベル

ケータイ小説文庫 好評の既刊

『甘々100%』 *あいら*・著

高1の雪夜はクールで美形でケンカも強い一匹狼の不良くん。だけど、大好きなカナコの前ではデレデレで人が変わってしまう。一方でカナコはツンデレ女子で、素直に雪夜に「好き」と言えないのが悩みだった。そんなある日、カナコが不良たちに捕まってしまい…!? 甘々度MAXの学園ラブストーリー!

ISBN978-4-8137-0077-7
定価：本体580円+税

ピンクレーベル

『悪魔彼氏にKISS』 *あいら*・著

素直で一途な女の子、花は高校に入学したばかり。しかし、なんとそこには、中1の時に離ればなれになった腹黒&意地悪すぎる美形男子、翼がいた! 過去に翼から告白されたことのある花は、悪魔みたいな翼に振りまわされて…。ケータイ小説文庫史上最年少作家の*あいら*最新作!!

ISBN978-4-88381-608-8
定価：本体530円+税

ピンクレーベル

『♥ LOVE LESSON ♥』 *あいら*・著

恋に奥手な桃が、とうとう先輩に初恋! それを見て、幼なじみの恭平は焦りまくり。実はずっと桃のことが好きだったのだ。しかし、今さら自分の気持ちを伝えられない恭平は、先輩との恋がうまくいくように恋を教えてやるよ、なんて言っちゃって…。"恋人のふり"から始まる超トキメキラブ☆

ISBN978-4-88381-581-4
定価：本体500円+税

ピンクレーベル

『極上♥恋愛主義』 *あいら*・著

高1の胡桃はモテるのに恋愛未経験。ある日、資料室の掃除をしてたら、巨大な本が落下! それを救ってくれたのは学校1のモテ男・斗真だった。お礼をしようとする胡桃に、斗真は「毎日、昼休みに屋上来いよ」と俺様な要求を…。天然女子と初恋男子、そんなふたりが突き進む極上ラブストーリー!

ISBN978-4-88381-560-9
定価：本体510円+税

ピンクレーベル

ケータイ小説文庫　好評の既刊

『クールな同級生と、秘密の婚約!?』 SELEN（セレン）・著

高２の亜瑚は、実家の工場を救ってもらう代わりに大企業の御曹司と婚約することに。相手はなんと、クールな学校一のモテ男子・湊だった。婚約と同時に同居が始まり戸惑う亜瑚。でも、眠れない夜は一緒に寝てくれたり、学校で困った時に助けてくれたり、本当は優しい彼に惹かれていき…？

ISBN978-4-8137-0588-8
定価：本体590円＋税

ピンクレーベル

『天ヶ瀬くんは甘やかしてくれない。』 みゅーな＊＊・著

高２のももは、同じクラスのイケメン・天ヶ瀬くんのことが好きだけど、話しかけることすらできずにいた。なのにある日突然、天ヶ瀬くんに「今日から俺の彼女ね」と宣言される。からかわれているだけだと思っていたけれど、「ももは俺だけのものでしょ？」と独り占めしようとしてきて…。

ISBN978-4-8137-0589-5
定価：本体590円＋税

ピンクレーベル

『日向くんを本気にさせるには。』 みゅーな＊＊・著

高２の雫は、保健室で出会った無気力系イケメンの日向くんに一目惚れ。特定の彼女を作らない日向くんだけど、素直な雫のことを気に入っているみたいで、雫を特別扱いしたり、何かとドキドキさせてくる。少しは日向くんに近づけてるのかな…なんて思っていたある日、元カノが復学してきて…？

ISBN978-4-8137-0337-2
定価：本体590円＋税

ピンクレーベル

『無気力王子とじれ甘同居。』 雨乃めこ（あまの）・著

高２の祐実はひとり暮らし中。ある日突然、大家さんの手違いで、授業中居眠りばかりだけど学年一イケメンの無気力男子・松下くんと同居することになってしまう。マイペースな彼に振り回される祐実だけど、勝手に添い寝をして甘えてきたり、普段とは違う一面を見せる彼に惹かれていって…？

ISBN978-4-8137-0550-5
定価：本体590円＋税

ピンクレーベル

読むたび何度でも恋をする…全力恋宣言！
毎月25日はケータイ小説文庫の日♥

心に沁みるピュアラブやキラキラの青春小説、
「野いちご」ならではの胸キュン小説など、注目作が続々登場！

ケータイ小説文庫　2019年2月発売

『ふたりは幼なじみ。』青山そらら・著

梨々香は名門・西園寺家の一人娘。同い年で専属執事の神楽は、小さい時からいつも一緒にいて必ず梨々香を守ってくれる頼れる存在だ。お嬢様と執事の関係だけど、「りぃ」「かーくん」って呼び合う仲のいい幼なじみ。ある日、梨々香にお見合いの話がくるけど…。ピュアで一途な幼なじみラブ！

ISBN978-4-8137-0629-8
予価：本体500円＋税　　　　　　　　　　ピンクレーベル

『新装版　特等席はアナタの隣。』香乃子・著

学校一のモテ男・黒崎と、純情天然少女モカは、放課後の図書室で親密になり付き合うことになる。ふたりきりの時は学校でも甘いキスをしてくるなど、黒崎の溺愛に戸惑うモカ。黒崎のファンや、モカに恋する高橋などの邪魔が入ってふたりの想いはすれ違ってしまうが…。気になる恋の行方は!?

ISBN978-4-8137-0628-1
予価：本体500円＋税　　　　　　　　　　ピンクレーベル

『月がキレイな夜に、きみと会いたい。(仮)』涙鳴・著

蕾は無痛症を患い、心配性な親から行動を制限されていた。もっと高校生らしく遊びたい――そんな自由への憧れは誰にも言えないでいた蕾。ある晩、バルコニーに傷だらけの男子・夜斗が現れる。暴走族のメンバーだと言う彼は「お前の願いを叶えたい」と、蕾を外の世界に連れ出してくれて…？

ISBN978-4-8137-0630-4
予価：本体500円＋税　　　　　　　　　　ブルーレーベル

書店店頭にご希望の本がない場合は、
書店にてご注文いただけます。